KB235534

The Seed

시드

김형신
퓨전 판타지 소설

FUSION FANTASTIC STORY

시드 6권

김형신 퓨전 판타지 소설

초판 1쇄 찍은 날 § 2009년 11월 9일
초판 1쇄 펴낸 날 § 2009년 11월 16일

지은이 § 김형신
펴낸이 § 서경석

편집장 § 문혜영
편집책임 § 정서진
편집 § 주소영

펴낸곳 § 도서출판 청어람
등록번호 § 제1081-1-89호
등록일자 § 1999. 5. 31
어람번호 § 제1-1089호

주소 § 경기도 부천시 원미구 심곡2동 163-2 서경B/D 3F (우) 420-822
전화 § 032-656-4452 팩스 § 032-656-4453
http://www.chungeoram.com
E-mail § eoram99@chollian.net

© 김형신, 2009

ISBN 978-89-251-1989-2 04810
ISBN 978-89-251-1794-2 (세트)

김형신 퓨전 판타지 소설
FUSION FANTASTIC STORY

THE 시드 SEED

6 |검은 심장|

청어람

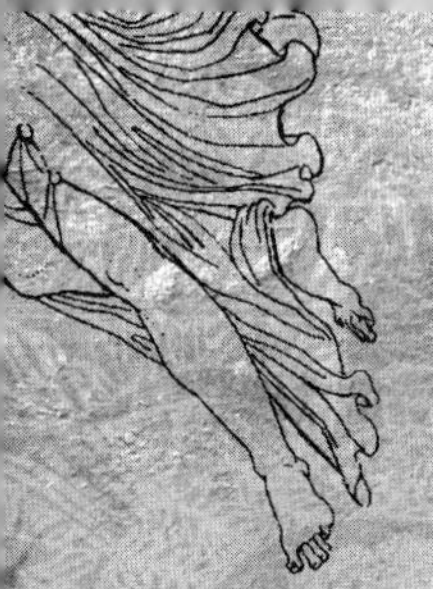

Contents

제1장. 검은 심장   7

제2장. 고대의 악마   41

제3장. 현왕의 조건   77

제4장. 초인의 증표   113

제5장. 기약   143

제6장. 입맞춤   181

제7장. 재회   221

제8장. 대륙 대회   249

제9장. 브레스   281

CHAPTER 01
검은 심장

The Seed
시드

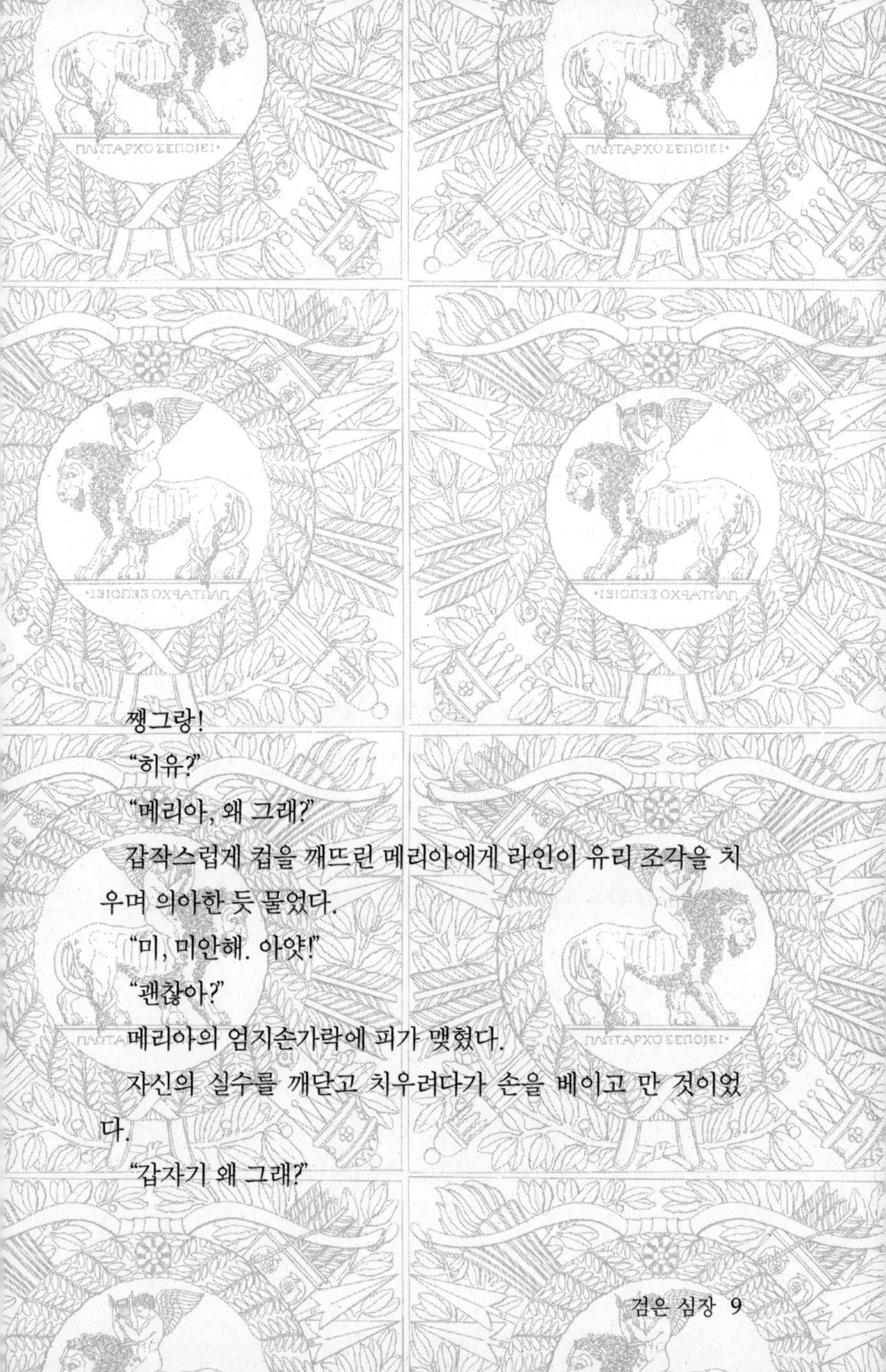

쨍그랑!

"히유?"

"메리아, 왜 그래?"

갑작스럽게 컵을 깨뜨린 메리아에게 라인이 유리 조각을 치우며 의아한 듯 물었다.

"미, 미안해. 아얏!"

"괜찮아?"

메리아의 엄지손가락에 피가 맺혔다.

자신의 실수를 깨닫고 치우려다가 손을 베이고 만 것이었다.

"갑자기 왜 그래?"

“아니, 그게…….”

라인에게 기본적인 치료를 받으며 메리아가 머리를 긁적였다. 자신 역시 이유를 모르기에 뭐라고 해야 할지 몰랐다.

방에서 다 같이 차를 마시며 수다를 떨고 있었는데 갑자기 왜 이러는 걸까.

“나도 모르게 손에서 힘이 빠졌어. 그리고…….”

“그리고?”

“갑자기 불안해.”

“불안하다고?”

메리아가 라인의 눈을 바라보며 고개를 끄덕였다.

심장이 빠르게 뛰었다. 영문은 알 수 없지만 초조함에 머릿속이 어지러웠다.

‘혹시… 오빠에게 무슨 일이 생긴 건 아닐까?’

불현듯 안 좋은 예감이 떠올랐지만 메리아는 세차게 고개를 저었다. 섬에서 수련을 하고 휴식을 취하고 있을 텐데 그럴 리 없었다.

만약 섬 밖을 나간다면 자신에게 가장 먼저 알렸을 테고 말이다.

하나 메리아의 불길한 예상은 적중했다.

지이잉! 지이잉!

“이건?”

라인의 얼굴이 굳으며 다급히 자리에서 일어섰다. 섬 전체에 울려 퍼지는 경고음이 작동된 탓이다.

무슨 큰일이 벌어졌다는 뜻이었다.

웬만한 일 정도는 부대장들이나 쉐도우가 얼마든지 처리할 테니 말이다.

"가자."

"으응!"

"히유!"

라인이 빠른 속도로 문을 열고 사라지자 메리아와 샤인이 대답하며 서둘러 그 뒤를 따랐다.

'오빠…….'

메리아는 작은 두 손을 꼬옥 쥐었다.

트드득!

"크으윽!!"

가슴에 박힌 단검이 비틀렸다. 시드의 입에서 괴성이 터져 나왔다.

그 순간 시드는 검은 그림자를 봤다. 거대하고 장엄했으며, 감히 범접할 수 없는 위엄을 풍기고 있었다.

그 그림자는 천천히 자신을 향해 숨통을 조이며 접근하고 있었다.

예전에도 한 번 경험한 적이 있는, 다신 마주하고 싶지 않은 적… 죽음이었다.

"네놈은… 누구냐……."

시드는 힘겹게 숨을 내쉬며 말문을 열었다.

분명 바에튼인데 그가 아니었다. 검에 서린 마나의 기운이 달랐기 때문이다.

"죽은 뒤에 알아보는 것이 어때?"

그가 검을 쥔 손에 힘을 주며 차갑게 웃었다.

그는 떠돌이 살수로 꽤 이름이 알려져 있었는데, 실력이 대단해서라기보다 놀라운 능력이 있기 때문이었다.

그 능력이란 한 번 본 사람과 똑같이 변할 수 있는 것이었다.

다만 그 능력에는 제한이 존재했다. 하루에 단 한 번만 변할 수 있으며, 그 시간 또한 10분으로 짧았다.

하지만 목표로 삼은 한 명을 죽이기에는 충분하기도 했다.

그 누구라 할지라도 자신이 믿는 사람에게는 방심할 수밖에 없으니깐.

그로 인해 지금까지 맡은 일에서 실패한 적이 없으며, 이번 작전에도 참여하게 됐다.

의뢰인이 누구인지도 알 수 없으며, 임무 역시 놀라운 것이었다.

마르트 왕국의 장로를 암살하는 일!

하나, 워낙 거액이 걸린 일이기에 마다할 이유가 없었다.

"자, 끝이다!"

그는 모든 마나를 끌어올렸다. 일격에 끝내 버릴 판단이었다.

원래라면 이미 죽었어야 했다. 자신이 능력까지 사용했으니 말이다.

　그러나 기습에 성공했음에도 불구하고 단검은 심장에 깊이 박히지 않았다.

　'죽을 수 없다…….'

　시드는 입술을 잘근 깨물었다.

　느껴진다, 죽음의 손길이 바로 눈앞에까지 도달했다는 것을. 그렇지만 이대로 죽음의 먹이가 될 순 없다.

　"나는 죽을 수 없단 말이다!"

　"허, 허억!"

　시드의 전신에서 마나가 폭발적으로 발출됐다.

　동시에 마나를 끌어올려 숨을 끊으려던 그는 단검을 놓치며 바닥을 뒹굴었다.

　에트 급 상급의 실력인 그가 시드가 사력을 다해 끌어올리는 힘을 감당할 수 없는 탓이었다.

　파아앗!

　"커어억!"

　시드의 전신에서 피가 솟구쳤다.

　죽음에 이를 수 있는 부상 상태에서 무리하게 생명력까지 끌어올린 대가였다.

　털썩!

　결국 모든 것이 무너진다는 느낌과 함께 시드는 한쪽 무릎을 땅바닥에 꿇었다.

　분명 마나는 존재했다. 이 정도면 달아날 수 있을 정도였다.

그런데… 몸이 말을 듣지 않았다.

마치 뱀파이어에게 피를 빨린 것처럼, 전신에서 힘이 빠져 나가는 것 같았다.

마탈 급의 육체조차도 견딜 수 없는 지경에 이른 것이다.

현재 시드는 과거 금기의 수법을 썼을 때보다 더욱 위험한 상태였다.

'젠장, 제발 움직여라!'

시드는 가슴에 단검이 박힌 채 입술을 이로 짓이기며 힘겹게 몸을 일으켰다.

지금 단검을 뽑았다가는 출혈이 감당되지 않을 테니 최선의 선택이었다. 그는 거칠게 숨을 몰아쉬며 마나를 끌어올렸다.

움찔, 움찔.

시드의 육체가 부르르 떨렸다.

마나가 몸 안에서 이동할 때마다 극심한 통증이 느껴졌으며, 호흡이 점점 힘겨워졌다.

이제는 앞도 컴컴해져 적들의 얼굴조차 제대로 보이지 않았다.

그러나 본능적으로 워프 게이트의 방향을 확인한 후, 다급히 적들을 향해 마나를 발출했다.

쉐에에엑! 콰아앙!

그 후, 피를 한 움큼 토해내며 메스토의 스텝을 발휘해 빠르게 달아났다.

무리하며 공격을 감행한 것은 잠시의 시간이라도 끌기 위함이었다.

타타탁!

“잡아라!”

그때 뒤에서 상황을 주시하던 열 명 중 한 명이 큰 목소리로 외쳤다.

그러자 믿을 수 없는 시드의 정신력에 잠시 얼이 빠져 있던 고용된 자들이 서둘러 그 뒤를 따랐다.

“흐음. 놀라운 인간인데요?”

그의 곁에 있던 한 명이 흥미롭다는 듯 말했다. 그 목소리는 여성의 것이었다.

“얘기는 들었지만 이 정도일 줄은…….”

체격이 큰 남자가 고개를 저으며 대답했다.

그는 베부드의 신하 중 한 명이었는데, 오기 전 얘기를 들었다.

라탈 급의 소년과 마탈 급의 중년이 있을지도 모르니 조심하라고, 만약 상황이 안 좋다 싶을 때는 고용된 놈들이 죽든 말든 정체를 들키지 않은 채 피하라고.

그래서 시드가 처음 나타났을 때부터 그 소년이라 확신하며 시선을 떼지 않았다.

그리고 감탄했다. 라탈 급이라는 사실도 놀라웠지만, 검술조차 대단한 경지에 올라 있었다.

아무리 천재라 할지라도 나이에 맞지 않는 실력.

그뿐 아니라 심장에 검이 박히고, 전신에 출혈을 일으킨 상태에서도 저 정도 위력의 마나를 내뿜다니.

분명 전신 출혈은 마나를 사용할 수 없을 만큼 몸 안이 망가졌다는 뜻인데 말이다.

'어쩌면 이번 임무……'

남자는 최악의 경우를 떠올렸다.

원래는 바에튼을 죽이고 시란을 납치해야 했다. 하나 둘 다 저택에 없었다.

물론, 기다렸다가 죽이고 납치할 수도 있었지만 문제는… 마탈 급이라는 남자였다.

베부드가 얘기한 소년이 나타났으니 그 역시 이 근처에 존재할 수 있었으며, 그가 혼자 있으리란 법도 없었다.

또한, 시간이 길어질수록 좋지 않았다.

'순식간에 일을 끝냈어야 했는데……'

그는 숨을 크게 한 번 내쉬었다. 그리고 아직 숨이 남아 있는 목격자들을 처리하기 위해 마나를 끌어올렸다.

콰아앙!

"하, 하하……."

워프 게이트가 눈에 보이는 지점에서 시드는 폭발에 휩쓸리며 허탈한 웃음을 흘렸다.

메스토의 스텝을 발휘했으나 몸이 마나를 따라가지 못했다.

그로 인해 원래의 속도가 나지 않았는데, 불행하게도 적들

중에 순간 속도가 대단히 빠른 이들이 몇 있었다.

그 결과 따라잡히고 만 것이다.

"이놈, 무지 빠르네."

한 남자가 숨을 헐떡대며 다가왔다. 시드는 하늘을 보고 누운 상태에서 그를 쳐다봤다.

얼굴이 보이지 않았다. 이제는 온통 어둠만이 시야를 대신하고 있었다. 그뿐 아니라 귀가 웅웅거려 그들의 대화조차 잘 들리지 않았다.

"얼른 끝내고 돌아가자."

뒤늦게 합류한 이들이 그를 향해 말하자 남자는 고개를 끄덕이며 괴이하게 생긴 검을 꺼내 들었다.

'이렇게 끝이구나.'

시드는 날카로운 살기를 느끼며 죽음을 직감했다.

아니, 죽이지 않더라도 자신은 곧 죽을 몸이었다.

심장에 단검이 박히고, 단검에 맺혀 있던 마나의 주변이 손상당했을 때부터 내려진 사형선고였다.

만약 그 상태에서 바로 치료를 받았더라면 또 모른다.

벨케와 에스, 프리야 등 여러 실력자들이 곁에 있으니 말이다.

하지만… 이제는 너무 늦었다. 그 자리에서 바로 죽지 않기 위해 생명력까지 소모하며 끌어올린 마나.

그로 인해 이제는 그 누구도 치유할 수 없는 지경이었다.

'주마등……'

시드는 어둠 속에서 나타나는 한 명, 한 명을 바라봤다.

과거 죽음의 순간과 달라진 점이 있다면 언제나 우선으로 떠오른 사람은 그리폰이었는데, 메리아가 가장 먼저 나타났다.

'울지 마…….'

환영처럼 아른거리는 메리아는 울고 있었다.

시드는 그런 메리아에게 손을 뻗어 눈물을 닦아주고 싶었다. 그렇지만… 아무리 손에 힘을 줘도 움직이지 않았다.

언제나 곁에서 자신의 휴식처가 되어주던 메리아…….

메리아와 함께 있으면 따스한 온정을 느낄 수 있었고, 시드는 그런 메리아가 좋았다.

'미안하다.'

시드는 메리아에게 속삭였다.

자신을 오빠 이상의 감정으로 바라보는 메리아.

그런 메리아의 마음을 받아주지도 못하고, 이렇게 먼저 떠나게 되다니…….

아무리 곁에 동료가 있다 할지라도 자신이 없어진 후의 메리아를 떠올리니 가슴이 먹먹했다.

'이제… 쉬어야겠어…….'

많은 이들이 스쳐 지나가고, 살아온 삶조차 떠나가자 시드는 천천히 두 눈을 감았다.

마지막으로 저승사자가 떠오름과 동시에 시드의 두 눈동자는 굳게 닫혔고, 호흡 역시 점차 희미해졌다.

마치 동면에 들어간 것처럼 숨이 멎은 듯한 상태.

그 순간 시드의 목을 노리며 검이 움직였다.

콰지직!

"뭐, 뭐냐!"

검을 내려친 남자는 등골이 오싹함을 느꼈다.

아무런 기척도 없이 자신의 곁으로 접근한 것도 모자라 마나와 체중이 실린 검을 맨손으로 부숴 버렸다.

그리고 호흡의 자유조차 앗아가는 끔찍한 살기!

'도, 도대체 이자는 뭐냐!'

라탈 급인 자신이 감히 덤벼볼 엄두도 나지 않는 존재라니!

그는 일단 뒤로 벗어나려고 몸을 움직였지만 그 바람은 이뤄지지 않았다. 어느새 갑자기 나타난 이가 따라붙었기 때문이다.

그는 바로 벨케였다.

"죽어라."

퍼석!

벨케의 손이 지나가는 순간 남자의 머리가 산산조각 나며 허공에 피를 뿌렸다.

그 압도적인 힘 앞에 시드를 따라온 적들은 온몸이 굳어버리는 것을 느꼈다.

방금 죽은 이는 자신들 사이에서도 실력이 좋은 편이었다.

그런 놈이 아무런 반격도 하지 못한 채 죽어버렸다. 그뿐 아니라 자리에 있는 그 누구도 어떤 방법으로 죽였는지 보지도 못했다.

"벨케, 무슨 일… 시드!"

"아, 아니! 시드, 이보게!"

선두로 게이트를 통과한 벨케의 뒤를 이어 에스와 프리야 공작이 모습을 드러냈다.

둘은 벨케와 마주한 적을 확인하다 생명조차 느껴지지 않는 시드를 발견하고 기겁했다.

"에스, 시드를 부탁해. 그리고 메리아도."

"벨케……."

서둘러 치료 마법을 시전하던 에스는 벨케의 거대한 뒷모습을 잠시 쳐다보다 시드를 품에 안았다.

시드가 너무 위급했기에 자신은 싸울 상황이 아니었다. 또한 이곳에서 치료할 수도 없었다.

그녀조차 두려움이 일어날 정도의 살기가 벨케에게서 풍겨지고 있었고, 이토록 분노한 그를 본 적이 없었다.

아마… 이 근방은 흔적도 없이 사라질 것이었다.

"부탁할게."

에스는 그 말과 함께 시드를 품에 안은 채 워프 게이트에 올라선 뒤, 마법으로 부대장들한테 아무도 섬으로 넘어오지 못하게 하라고 명했다.

저 상태의 벨케라면 프리야를 제외한 다른 이들은 곁에 있는 것만으로도 위험해질 수 있기 때문이다.

곧 에스의 신형은 시드와 함께 빛무리에 휩싸였고, 그제야 벨케의 육체가 흐릿해졌다.

찌이익!

"으, 으아악!"

한 명의 팔이 찢겨진 채 땅바닥에 버려졌다.

"어, 어느새!"

"주, 죽여!"

순식간에 적들 중앙으로 파고든 벨케는 무심한 눈길로 그들을 노려봤다.

적들은 라탈 급의 실력자들로, 그 수도 적지 않았다. 하나, 소울 급을 목전에 두고 있는 벨케에게는 상대가 될 수 없었다.

만약 마탈 급이 섞여 있다면 모르겠지만 말이다.

"지옥에서 기다려라……."

그 말과 함께 벨케의 전신에서는 빛의 기둥이라 불릴 정도의 거대한 마나가 솟구쳤고, 곧 그를 노리며 달려들던 수많은 기운들과 맞부딪쳤다.

"하아, 하아. 무슨 일이에요?"

한발 늦게 워프 게이트에 도착한 메리아는 입구에 서 있는 많은 크라운의 이들을 보며 물었다.

그리고 곧 이상한 낌새를 느낄 수 있었다.

모두의 표정이 어두웠다. 더군다나 워프 게이트를 넘어갈

생각도 하지 않았으며, 그 누구도 잠시 동안 대답을 하지 않았
다.

"왜 그래요? 오빠는요?"

메리아가 주위를 두리번거리며 시드를 찾았다. 하지만 시드
의 모습은 보이지 않았다.

"메리아……."

"벨트라 아저씨."

그때 벨트라가 숨을 크게 내쉬더니 메리아에게 다가왔다.

"어서 에스님에게 가자."

"에스님한테요?"

"그래, 가서 말하마. 여기에서 얘기할 시간이 없어……."

"아, 아저씨?"

벨트라가 메리아를 양팔로 안아 들었다.

그녀는 움직임이 늦기에, 자신이 데려다 주기 위함이었다.

혹시 모를 최악의 상황을 대비해 1분, 1초라도 빨리 가야 했
으니 말이다.

"아저씨… 무슨 일이에요, 네?"

메리아의 목소리가 울먹거렸다.

느껴졌다. 아무것도 모르겠는데 마음이 이미 알아차리고 있
었다.

"오빠는요, 오빠는요!"

빠른 속도로 이동하는 벨트라의 목을 꽉 껴안은 채 메리아
는 소리쳤다. 하나, 벨트라는 아무런 대답을 하지 못했다.

그 역시 자세한 건 알지 못하는 상황이었다. 다만, 시드가 위급하다는 사실만 에스로 인해 알게 됐다.

끼이익.

에스의 방문이 천천히 열렸다.

메리아는 조심스럽게 한 걸음, 한 걸음 안으로 들어가 고개를 돌렸다.

긴장감이 방 안을 가득 채우고 있는 가운데 땀을 뻘뻘 흘리고 있는 에스와 라인, 스피네와 마법 부대가 보였다.

그리고 한 남자가 피투성이가 된 채 누워 있었다. 시드였다.

'적이 되면 정녕 두려운 남자다.'

온몸을 마나의 벽으로 감싸고 있는 프리야는 진심으로 느꼈다.

단 일격에 그 많은 적들의 공격을 소멸시킨 것은 물론, 살아남은 이들 또한 존재하지 않았다.

적들 중에는 라탈 급도 적지 않게 있었는데 말이다.

"벨케님."

스으윽.

프리야가 다가가며 말문을 열자 벨케는 천천히 뒤돌아봤다.

그의 두 눈동자에는 아직도 분노가 남아 있었으며, 붉은 핏줄이 서 있었다.

하지만 언제 그랬냐는 듯, 프리야의 걱정스런 얼굴을 보자 금세 평소의 짓궂은 벨케로 돌아갔다.

"그렇게 인상 쓰다 주름 생긴다. 안 그래도 노안 주제에."

"컥!"

프리야의 신형이 비틀거렸다.

평생을 살며 노안이란 말은 들어본 적이 없었다! 자신이 시드도 아니고!

물론 벨케가 나이에 비해 심하게 동안이기는 했으나, 자신은 평범한 수준이었다.

아니, 오랜 단련으로 인해 오히려 젊으면 젊었는데…….

하나 상대가 벨케이기에 프리야는 속으로 울분을 삭일 뿐, 차마 대들지는 않았다.

어느새 그 역시 벨케에게 살아남는 법을 터득하고 있었다.

그 시각, 장로들에게 파견된 신하들은 온몸을 부들부들 떨고 있었다.

"이거 놀랍군. 이, 이 정도의 실력자라니."

"미, 믿을 수가 없어요……."

남자와 여자의 대화가 오갔다.

그 심정은 다른 장로들의 신하들도 다를 바 없었다.

바에튼의 신하들을 모두 죽인 그들은 슬슬 고용된 이들을 부르려고 했다.

그 정도 시간이면 시체나 다름없던 꼬마를 충분히 죽였을 테니 말이다.

한데, 그 순간 얼음장처럼 살 속을 파고드는 살기를 느꼈다.

그 살기의 근원지는 눈으로 볼 수 없는 곳이었다.

그 정도 거리에서 자신들한테까지 전해지는 살기라니!

그리고 곧 측정조차 할 수 없는 마나가 휘몰아치더니 폭발해 버렸다.

'전멸했겠지…….'

베부드의 신하인 남자는 등줄기에 흐르는 식은땀을 느끼며 확신했다.

아무리 대륙 곳곳에서 모인 실력자들이라고 하지만 그중에는 마탈 급이 존재하지 않았다.

마탈 급이 아닌 이상 그 믿을 수 없는 마나 앞에서 살아남지 못했을 것이고.

"어떻게 할까요?"

여자가 명을 내리기를 바라며 쳐다보자 남자는 숨을 크게 내쉬며 다른 장로들의 신하를 쳐다봤다.

그들 역시 같은 생각인 듯 눈이 마주치자 고개를 끄덕였고, 곧 빠른 속도로 이동 주문서를 찢었다.

그 어떤 임무도 완수하지 못했다는 사실이 마음에 걸리기는 했지만, 지금은 위급 상황이었다.

적은 플루닉을 꺼낸다 할지라도 이길 수 없는 존재였다. 그렇기에 후퇴를 하는 것이 최선이었다.

"놓쳤다."

저택에 도착한 벨케는 차갑게 웃으며 말을 내던졌다.

분노에서 벗어나자마자 아직 살아남은 적들의 기운을 감지
했는데, 적들이 눈치를 챘는지 아니면 빠지기로 결정을 했는
지 먼저 달아나 버리고 말았다.

'한 놈이라도 살려두는 건데.'

벨케는 아쉬움에 입맛을 다셨다.

순간적으로 너무 흥분한 나머지 모두를 죽여 버렸다.

다만 그 와중에도 바에튼의 저택을 염려해 최대한 피해 범
위를 줄이려 노력했다. 그 결과 저택은 피해를 입지 않을 수
있었다.

'뭐, 대충 누구인지 짐작은 가니까.'

지금 이 시기에 바에튼을 노리는 암살이라면… 분명 장로들
중에 한 명일 것이다.

그들 외에는 바에튼이 누군가에게 원한을 사거나, 그를 죽
여야 할 일이 존재하지 않으니 말이다.

다만 그 장로가 누구냐는 것인데, 유력한 것은 베부드였지
만 그의 단독 범행이 아닐 수도 있었다.

바에튼은 베부드뿐 아니라 다른 두 장로에게도 불안 요소일
테니 말이다.

"살아남은 이는 없습니다."

"그런가."

저택 안을 둘러보고 온 프리야의 말에 벨케는 무거워진 얼
굴로 대답했다.

아무리 기습이라고는 하지만 한 장로의 저택이 전멸되다

니……. 벨케는 바에튼을 떠올리며 쓴웃음을 흘렸다.

바에튼은 장로들 중 전투 능력이 가장 낮았다.

다른 이들이라면 그 점을 보완하기 위해서라도 자신의 신하들을 더욱 강하게 할 테지만, 바에튼은 그렇지 않았다.

그의 성품 탓도 있지만 권력에 관심이 없는 것이 제일 컸다.

또한, 플루닉을 몇 기씩 보유한 다른 장로들과는 달리 바에튼은 플루닉도 소유하지 않았다.

어떻게 보면 아직까지 살아 있는 게 천운이라고 봐도 될 정도였다.

그 결과, 마음먹고 덤빈 적들로 인해 한 번에 무너지게 됐다.

'나를 믿었겠지.'

그런 바에튼이라 할지라도 베부드와의 관계가 악화된 시점에서 걱정을 하지 않았을 리가 없었다.

하나 자신과 크라운이 있고, 언제든지 도와줄 수 있기에 안심한 것이다.

"베, 벨케. 이게 무슨 일인가!"

그때였다. 저택의 입구에서 허겁지겁 누군가가 달려오는 소리가 들리더니 곧 바에튼의 당황한 목소리가 들렸다.

"자네를 노린 것 같다."

"허, 허얼……."

털썩!

바에튼은 다리의 힘이 풀리며 바닥에 주저앉았다. 피에 젖은 축축함이 느껴졌지만 그는 신경 쓰지 않았다.

"어떻게… 어떻게 이런 일이……."

바에튼은 두 눈동자가 충혈됐다.

자신 때문이다. 자신으로 인해 모두가 죽음을 맞이했다. 한데 자신은 갑작스런 약속으로 인해 저택을 비웠고, 살아남았다.

그 사실이 죽은 신하들에게 너무나 미안했다.

"시란은……."

"섬에 있다. 무사해."

"그래… 그래……."

바에튼의 목소리에 안도가 실렸다.

만약 시란마저 잘못됐다면 그는 정말 미쳐 버렸을지도 모른다.

물론 지금도 죄책감과 분노, 슬픔 속에서 버티기 힘들지만 말이다.

"기다리겠네."

벨케는 그 말과 함께 등을 돌렸다.

함께 있어주고 싶었지만 시드의 상태를 확인해야 했다. 그뿐 아니라 지금 바에튼이 느끼고 있는 짐은 그 누구도 대신 들어줄 수 없는 그 스스로 이겨내야 하는 것이었다.

이럴 때는 신하들과 마지막 시간을 가질 수 있도록 혼자 두는 게 더 나았다.

‘부탁한다.’

그리고 혹시 적들이 다시 올지 모르기에 프리야에게 바에튼의 곁을 지켜달라는 뜻을 전한 후, 섬으로 돌아갔다.

*　　　*　　　*

콰아앙!

베부드의 주먹이 부딪치자 수정으로 만들어진 탁자가 굉음과 함께 산산조각 나버렸다.

그의 앞에는 바에튼의 저택에 다녀온 신하들 셋이 서 있었는데, 모두 겁에 질린 얼굴이었다.

“모두 실패했다고?”

“죄송합니다…….”

베부드는 애써 진정을 찾기 위해 숨을 크게 내쉬었다.

그자가 나타났다니, 어쩔 수 없는 결과란 생각이 들었다. 하지만 적어도 바에튼은 죽였어야 했다.

괜히 바에튼의 경계심만 높여준 꼴이 돼버렸다.

‘시란도, 바에튼도 저택에 없었다니…….’

둘 중 하나라도 뜻을 이뤘다면 이토록 화가 나진 않았을 것이다.

한데 하필이면 이럴 때 둘 다 자리를 비웠을 줄이야. 분명 저녁에만 해도 저택에 있는 것이 확인됐었는데 말이다.

바에튼은 이동 주문서로 누군가를 만나러 갔었고, 시란은 워프 게이트를 통해 섬에 갔기에 감시자들이 알 수 없었다.

그렇다고 저택 안으로 들어가기에는 위험 부담이 따르고 말이다.

"일단 돌아가라."

"알겠습니다."

셋이 고개를 숙이고 사라지자 베부드는 독한 술을 꺼내 단숨에 입 안으로 들이부었다. 머릿속이 복잡해지기 시작했다.

바에튼은 살아 있고 그의 곁에는 그 무시무시한 존재가 아직도 있었다.

성과가 있었다고 한다면 베라데에게 굴욕을 준 소년을 죽였다는 것이다.

신하들에게 전해 들은 인상착의와 실력으로 봤을 때 분명 그때의 그 소년이었다.

하지만 기뻐할 여유가 없었다. 문제는 앞으로이기 때문이다.

분명 흔적을 남기지 않았기에 물증은 존재하지 않지만 바에튼은 자신들을 의심할 것이었다.

어쩌면 보복을 할 수도 있었다.

바에튼의 성격으로는 그럴 일이 없겠지만, 그의 곁에 있는 마탈 급의 남자는 다를 수 있으니.

'일단 만나봐야겠군.'

혼자서 궁리해 봐야 답은 나오지 않는다.

아니, 좋은 해결책이 떠오른다 할지라도 지금은 혼자서 헤쳐 나갈 수 있는 상황이 아니었다.

다른 장로들과 힘을 합쳐야 했다.

그래야 무슨 일을 저질러도 돌아오는 타격이 적게 된다.

곧 베부드는 이동 주문서를 찢어 모습을 감췄다.

"쿨럭, 커억!"

푸슛! 주르륵…….

시드의 상태는 생각보다 심각했다.

에스와 모두의 노력으로 다행히 아직 숨은 붙어 있었지만, 계속되는 출혈로 인해 분명 한계가 오리라고 짐작할 수 있었다.

"어때?"

진지한 얼굴로 시드의 몸 상태를 확인하는 벨케에게 에스가 걱정스러운 얼굴로 물었다.

그녀가 할 수 있는 모든 것을 다 해놓은 상태였다.

육체의 상처를 치료했고, 마나를 불어넣어 부서진 내면을 최대한 안정시켰다. 그뿐 아니라, 마법사들 모두가 달려들어 계속해서 치유 마법을 시전하면서 기력을 회복시켜 주고 있었다.

하지만 그녀는 느꼈다. 이대로는 시드가 죽을 수밖에 없다는 것을.

그렇기에 벨케에게 내심 한줄기 희망을 가졌다. 그라면 혹시 방법이 있을지 모른다고.

그러나 급격히 어두워진 얼굴의 벨케를 보자 에스는 가슴이 무너져 내리는 기분이었다.

더불어 자신이 꾼 꿈이 떠올랐다.

이들 중에서는 아니기를 그토록 바랐는데… 시드였다니.

"나가서 얘기하지."

"그래……."

벨케의 굳은 목소리에 에스는 방 안에 있는 마법사들에게 부탁을 한 뒤 자리에서 일어섰다.

그때였다. 시드의 상태를 확인하고 정신을 잃었던 메리아가 깨어나더니 에스의 손목을 붙잡았다.

"저도… 듣겠어요."

에스는 메리아를 내려다봤다.

잠깐의 시간이었지만 너무나 수척해진 얼굴이었다.

언제나 생기가 넘치고 맑던 큰 눈동자에는 슬픔이 가득 차올라 있었다.

그리고 꼭 듣겠다는 집념이 서려 있었다.

"알겠다."

더욱 상처를 주게 될지도 몰랐다. 거짓된 희망이라도 심어주는 게 오히려 나을지도 몰랐다.

그렇지만 다른 사람들은 몰라도 메리아이기에, 속이면 안 된다고 느껴졌다.

"메리아……?"

먼저 밖에 나와 있던 벨케가 메리아와 에스를 번갈아 바라봤다.

그는 난처한 듯 머리를 긁적였지만, 에스와 같은 생각인 듯 돌아가라는 말은 하지 않았다.

"우리 오빠… 살 수 있죠? 그렇죠?"

메리아가 벨케에게 간절한 눈빛으로 물었다.

분명 그럴 수 있다고 믿었다. 아니, 그렇게 믿어야 했다. 믿고 싶었다.

하지만 벨케는 천천히 고개를 저었다.

"죽는다."

"……."

메리아의 신형이 휘청거렸다. 에스가 다급히 그녀를 부축했다.

"다들 그랬어요. 오빠를 이길 수 있는 사람은 두 분과 프리야 할아버지밖에 없다고……. 그런 오빠가 왜 죽어요. 거짓말이죠, 그렇죠……? 제발 그렇다고, 그렇다고 말해줘요……. 네? 제발!!"

메리아의 애기는 점점 울음으로 바뀌더니, 끝내 에스의 품에 안겨 서럽게 목놓아 울기 시작했다.

그뿐 아니라 호흡도 거칠어지며 눈동자도 크게 흔들렸다.

결국 에스는 그녀에게 수면 마법을 시전해 잠을 재웠다.

진실을 받아들이기에는 아직 메리아는 너무나 약했다.

아니, 그만큼 시드는 메리아에게 크나큰 존재였다, 자신보다 더욱더.

"방법이 없을까?"

어떤 대답이 돌아올지 알면서도 에스는 그렇게 말할 수밖에 없었다.

자신 역시 시드를 보내고 싶지 않았다.

함께한 시간은 많지 않았지만, 어느덧 잃고 싶지 않은 존재가 되어버렸다.

"무슨 이유에서인지는 모르지만 기습을 당했을 것이다. 그렇지 않고서야 단번에 심장을 찔렸을 리가 없을 테니."

적들의 실력으로 봤을 때 시드가 그토록 처참하게 당할 수준은 아니었다.

물론 수가 워낙 많아 시드가 이길 수도 없었겠지만, 그의 실력이라면 분명 위험하다 판단됐을 때 도망칠 수 있었다.

하나 시드는 그것조차 하지 못했다.

"그 후, 무리하게 힘을 끌어올렸다. 아무래도 금기된 수법까지 쓴 것 같아. 그로 인해 심장은 회복될 수 없는 상태에 이르렀고, 내부가 대부분 박살 났다. 아직 살아 있다는 게 이해가 되지 않을 정도다."

마탈 급의 육체라 할지라도 견딜 수 없는 상태였다.

그렇지만 시드는 아직 살아 있었다. 끊어지기 직전의 줄을 부여잡고 있었다.

어쩌면 온몸으로 마나를 흡수하는 특별한 육체 때문일지도 몰랐다.

그러나 그 줄은 언젠가 끊어지게 될 것이었다.

이 정도로 산산조각 났다면 마법으로도 치료할 수 없으니 말이다.

"며칠, 길어야 열흘 정도. 그것도 우리가 계속해서 마나를 넣어주고 회복 마법을 시전했을 경우. 나의 판단은 그래."

"그래, 그래……."

에스는 체념한 듯 고개를 떨구었다. 자신과 비슷한 의견이었으며, 정확하다고 봐야 했다.

"미안하군, 그리폰."

"뭐?"

에스는 침묵을 깨고 갑작스럽게 들린 벨케의 말에 고개를 들어 그를 쳐다봤다.

벨케는 하늘에 시선을 던지고 있었다. 그런 벨케의 주먹은 힘겹게 떨리고 있었다.

그 역시 시드의 죽음을 받아들이고 싶지 않은 것이다.

처음에는 단지 그리폰의 제자이고, 재미있을 것 같아 받아들였다.

재미있었다. 이토록 즐겁게 웃어본 적이 언제였는지 생각할 정도로 즐거웠다.

또한, 모든 면에서 자신의 예측을 능가하는 시드로 인해 두근거리기도 했었다.

그러다 보니 처음 마음과는 달리 가까워졌으며 어느덧 그리폰 이상으로 가르쳐 주기 시작했다.

이제는 자신의 제자이기 때문이다.

한데 이렇게 허무하게 잃다니. 벨케의 내면에서 많은 감정이 휘몰아쳤다.

'악마와 계약을 해서라도 살릴 수 있다면……'

에스는 문득 자신의 생각에 실소를 흘렸다.

어쩌면 그렇게 해서 시드를 살릴 수도 있었다. 자신 역시 죽지 않기 위해 악마와 계약을 하지 않았던가.

하나 지금의 시드는 계약조차 할 수 없는 상태였다.

악마와의 계약은 본인 스스로만이 할 수 있으니까 말이다.

'잠깐……'

그때 에스의 머릿속으로 어떤 생각이 스쳐 지나갔다.

'악마… 타인……. 악마… 타인……'

에스는 인상을 찌푸렸다.

언젠가 읽은 흑마법에 관한 고대의 문서에서 이와 비슷한 계약이 있었던 것 같기 때문이었다.

"어쩌면……."

"어?"

에스의 중얼거림에 벨케가 뒤돌아보며 물었다.

하나 에스는 자신에게 말을 건 것이 아니었다. 혼자 입술을 매만지며 중얼거리고 있었다.

"있을 것 같아, 시드를 살릴 수 있는 방법이……."

벨케의 두 눈동자가 크게 떠졌다.

자신과 에스가 체념할 수밖에 없는 상태의 시드였다. 그런 시드를 살릴 수 있다니…….

"에스, 그게 무슨…….."

"메리아와 시드를 부탁해!"

그 말과 함께 에스는 품에서 메리아를 벨케에게 넘기며 황급히 텔레포트 마법을 시전했다.

기억 속에 아른거리는 금단의 수법을 찾기 위해…….

동이 틀 시각, 회의실에는 많은 사람들이 모여 있었다.

크라운 가디언인 벨케, 우드, 에스, 샤인은 물론 프리야와 전시멘 용병단, 바에튼과 시란도 함께였다.

그리고 블스와 니콜은 마법 통신구로 얘기를 듣기 위해 대기 중이었다.

메리아는 시드의 곁에서 떨어지려고 하지 않았으며, 시드는 마나를 사용할 수 있는 모든 이들이 돌아가며 마나를 불어넣어 주고, 치유를 쉬지 않는 중이었다.

이들이 모인 이유는 에스가 드디어 방법을 찾아냈기 때문이었다.

끼이익.

침묵 속에서 회의실의 문이 열리자 모두의 시선이 에스에게로 향했다.

에스는 지친 얼굴이었지만 티를 내지 않으며 평소 시드가 앉던 의자로 가 앉았다.

"이제… 살릴 수 있는 거죠?"

시란이 초조한 얼굴로 그녀를 향해 물었다.

시드가 그렇게 되기 전까지 함께 있었던 그녀였기에 더욱 마음이 무거웠다.

자신이 조금만 더 빨리 얘기를 전해줬더라면…….

하나 그런 마음은 이곳에 있는 모두가 다를 바 없었다.

바에튼 역시 자신으로 인해 시드가 그리된 것 같았고, 무슨 수를 써서라도 살리고 싶었다.

전 시멘 용병단의 모두는 자신들의 주군인 시드를 지키지 못한 죄책감에 밤새도록 자책하고 이를 꽉 악물었다. 가디언 들도 마찬가지였다.

우드만이 이제 꼬리를 안 떼도 되는 건가, 잠시 생각했지만 역시 꼬리를 계속 뗀다 할지라도 시드가 죽지 않는 게 좋았다.

그새 미운 정이 들었기에.

"어쩌면."

"어쩌면이라……."

에스의 얘기에 벨케가 감았던 두 눈을 뜨며 중얼거렸다.

"하지만 한 가지는 확실해."

"뭐지?"

둘의 대화에 아무도 방해하지 않은 채 긴장감 속에서 경청 했다.

"시드를 살릴 수 있는 유일한 방법이라는 것."

"좋아, 얘기해 봐."

에스는 말문을 열려다가 한 번 더 자신의 판단을 돌아봤다.

정말 이 길밖에 없는 건가. 다른 길로 시드를 살릴 수는 없을까.

하나 아무리 자신에게 되물어도 대답은 같았다.

"검은 생명."

"검은 생명……?"

벨케가 되물었다. 자신 역시 처음 듣는 것이었다. 그것은 모두가 마찬가지였다.

"아는 이들은 극히 드물어. 마녀들 중에서도 말이야. 그렇기에 다들 모르겠지. 현재 시드는 치유가 불가능한 상태야. 그런 시드를 살리기 위해서는… 새로운 생명이 필요해."

"그렇다면 검은 생명은 혹시……."

벨케의 미간이 좁혀지자 에스는 쓰게 웃으며 고개를 끄덕였다.

"그래. 악마의 생명이야."

에스와 벨케를 제외한 모두의 두 눈동자가 크게 떠졌다.

CHAPTER 02
고대의 악마

"달콤한 술일까, 쓰디쓴 독약일까."

아폴레가 붉고 차가운 위스키를 삼킨 뒤, 맞은편에 앉아 있는 리스네에게 얘기했다.

"이미 맛을 아시잖아요?"

리스네가 웃음 띤 얼굴로 대답하자 아폴레는 느긋하게 고개를 끄덕였다.

그녀들이 얘기하고 있는 것은 다름 아닌 아카리 왕국의 동맹 제안이었다.

"그래그래. 아주 달콤한 술이지."

아카리와 손을 잡고 신의 왕국 발라스를 무너뜨린다. 하나 아폴레는 거기서 멈출 마음이 없었다.

발라스를 나눠 갖자니 성에 차지 않았다.

그뿐 아니라 아카리 왕국 역시 아폴레의 먹이 중 하나일 뿐이었다.

그렇기에 아폴레는 발라스를 무너뜨릴 경우, 곧바로 아카리 역시 집어삼킬 계획이었다.

4대 왕국의 기반이 무너져도 어차피 마르트 왕국은 간섭하지 않을 테고, 남은 전력으로 싸운다면 자신의 승리라 확신하기에.

"다만 문제는 그들 역시 같은 생각일 수도 있다는 것이겠죠."

리스네의 말에 아폴레는 부정하지 않았다.

발라스가 사라진다면 분명 아카리와 리샤르의 힘겨루기가 될 터였다.

그렇다고 아카리의 왕이 발라스의 절반만 먹고 만족할 인물도 아니었다. 그 역시 야망이 넘쳐흐르니까.

즉, 아카리 역시 발라스를 점령하고 리샤르를 무너뜨릴 계획일 수 있었다. 혹은 자신의 계획을 예측하고 반격을 준비하고 있을지도 모른다.

"자신있다는 뜻이겠지."

아폴레는 붉은 혀로 입술을 핥으며 리스네에게 시선을 돌렸다.

그 눈동자에는 확신과 오만이 가득 담겨 있었다.

"우리는 그 자신감을 짓밟아주면 돼. 아하하!"

‘그런 당신은… 내가 짓밟아주지.’

리스네는 다정한 눈길로 아폴레를 바라보며 환하게 웃었
다.

＊　　　＊　　　＊

“과거 대마법사가 있었다. 그는 소울 급에 가장 근접한 존재
라 칭해질 만큼 뛰어난 실력을 가지고 있었으며, 많은 이들에
게 존경받는 인품도 갖추고 있었지. 하지만 당시에는 그 누구
도 몰랐던 사실이 있었어. 바로 그가 흑마법에도 관심이 많았
다는 사실.”

에스는 목이 탔는지 따스한 차를 한 모금 마시고 다시 얘기
를 시작했다.

“어느 날이었어. 그의 소중한 아들이 죽기 직전의 상태로 발
견됐어. 자신의 아내를 몬스터들로부터 구하려다가 생명력까
지 소모하고 끔찍한 부상을 입었어. 마치 지금의 시드처럼 말
이야.”

시드의 모습이 스쳐 지나갔다.

“마법사는 절망했어. 그 어떤 방법을 써도 아들이 회복되지
않았던 거야. 신이 아닌 이상 고칠 수 없는… 죽음과 다름없는
상태였으니. 결국 마법사는 흑마법에서 해결책을 찾기 위해
노력했지. 그리고 발견했어.”

“그게… 검은 생명인가요?”

벨트라가 침을 꿀꺽 삼키며 묻자 에스는 고개를 끄덕였다.

"그가 창조한 금기 마법인지, 아니면 예전부터 전해져 내려오던 마법인지는 알 수 없지만… 기록에는 그가 첫 번째 검은 생명의 창조자야."

"그래서 살아났나?"

벨케가 낮은 어조로 물었다.

"살아났어. 하지만… 검은 생명에는 위험이 존재해."

모두의 얼굴이 잠시 밝아졌으나 위험이란 단어에서 다시 어두워졌다.

"그게 뭐지?"

"검은 생명은 말 그대로 악마의 생명을 빼앗는 거야. 그러기 위해서는 계약을 맺을 때가 아닌, 악마 그 자체를 이 세계에 소환해야 해. 거기다가 악마를 죽이지 않고 봉인해야 되고."

"위험이 그것인가?"

에스는 씁쓸히 고개를 저었다.

진정한 위험 부담은 이 다음부터였다.

"봉인된 악마를 시드와 하나로 만드는 것이 우리의 역할. 그리고 가장 위험한 건… 그 이후야. 만약 시드가 이겨낸다면 새로운 생명을 얻을 수도 있어. 아니, 오히려 악마의 힘까지 가질 수 있을지도 몰라. 그런데……."

"그런데?"

에스는 벨케를 서글피 쳐다보며 힘겹게 말을 이어나갔다.

이 부분 때문에 밤새도록 망설였다. 만약 다른 희망이 조금이라도 있다면 선택하지 않았을 것이다.

"이겨낸다 할지라도… 악마의 크나큰 힘에 정신이 붕괴될 수도 있어. 그렇게 된다면… 이성을 잃은 채 죽을 때까지 싸우게 될 거야. 우리조차 적으로 간주한 채……."

"그럴 수가……."

상상을 했는지 사색이 된 시란이 양손으로 입을 막았다.

"만약… 악마에게 패배한다면, 시드의 영혼과 육체는 악마의 것이 돼……."

에스의 그 말을 끝으로 잠시 동안 누구도 말문을 열지 못했다.

유일하게 살릴 수 있는 방법이라는 것은 잘 알고 있다.

하지만 악마를 소환하고 봉인하는 것까지도 쉽지 않은 일인데, 그토록 위험할 줄이야.

안전하게 살아날 수 있는 확률은 낮았다.

"시간이 급박해……."

침묵을 깬 것은 에스였다.

지금 이 와중에도 시드의 생명의 불꽃은 점점 꺼져 가고 있었다.

시도라도 하기 위해서는 시드가 살아 있어야 한다. 모두의 결정이 시급한 판국이었다.

"만약 잘못되기라도 한다면……."

바에튼이 염려스러운 얼굴로 중얼거렸다. 하지만 벨케가 그의 말을 끊으며 모두에게 못 박듯 얘기했다.

"위험하다, 죽을 수도 있다. 그러나 시도해야 한다. 시드를 살릴 수 있는 단 하나의 길이니까. 나는… 시드를 믿는다."

"네. 저도 믿습니다!"

벨트라가 벨케의 의견에 동조하며 주먹을 꽉 쥐고 외쳤다.

그의 두 눈동자에는 걱정이 가득했지만 입가는 애써 웃고 있었다.

"저도, 저도… 믿겠어요. 믿어야만 하니까, 이대로 보낼 순 없으니까……."

시란 역시 떨리는 목소리로 자신의 뜻을 밝혔고, 프리야 공작도 같은 의견인 듯 고개를 끄덕였다.

"그놈은 죽여도 안 죽을 놈… 마스터입니다."

우드는 머리를 긁적이며 관심없다는 듯 말했지만 그의 떨리는 손이 걱정하고 있다는 사실을 잘 보여주고 있었다.

"그러면 우리가 해야 할 일이 뭐지?"

마지막으로 바에튼까지 뜻을 같이하자 벨케가 자리에서 일어서며 말했다.

그 역시 시간이 없다는 사실을 잘 알고 있었다.

그러자 에스는 자신이 구상한 계획을 서둘러 설명했다.

그녀는 검은 생명에 대한 자료를 찾은 것뿐 아니라, 어떻게 움직일지도 미리 준비를 마친 것이었다.

곧 모두는 회의실에서 모습을 감췄다.

검은 파도가 휘몰아쳤다.

파도는 거대하고 사나워 잡아먹힌다면 쉽사리 빠져나올 수 없을 듯했다.

그럼에도 메리아는 손을 뻗으며 파도를 향해 달려갔다.

그녀 역시 달아나고 싶었지만 파도 속에서 허우적대고 있는 시드를 발견한 탓이었다.

구해야 했다. 그 어떤 힘겨움이 닥치고, 자신의 목숨조차 위험하게 된다 할지라도 외면할 수 없었다.

다른 사람이 아닌 시드였으니까.

하나 메리아의 바람과는 달리 시드는 파도에 휩쓸려 모습을 찾을 수 없게 됐고, 검은 파도는 곧 자신한테 접근한 메리아도 집어삼켰다.

"아아악!"

메리아는 비명을 지르며 잠에서 깨어났다.

그녀의 얼굴은 온통 식은땀으로 뒤덮여 있었는데, 옷까지 축축하게 젖었을 정도였다.

"하아, 하아……."

다시는 꾸고 싶지 않은 악몽을 되새기며 메리아는 호흡을 가다듬었다.

그러다 무엇을 하다 잠들었는지를 떠올리며 불안한 눈동자로 옆을 쳐다봤다. 그곳에는 시드가 누워 있었다.

'오빠…….'

메리아는 두 손을 꼭 쥐며 시드에게서 눈을 떼지 않았다.

크라운의 사람들이 마나를 불어넣고, 치료를 계속 하고 있는 것으로 봐서 아직 살아 있었다.

'다행이다. 후우…….'

메리아의 입에서 큰 숨이 새어 나왔다. 그리고 자신을 자책하듯 스스로 이마를 쥐어박았다.

시드가 깨어날 때까지 자지 말자고 다짐했었다.

혹시나… 정말 만약에… 그사이 시드가 떠날 수도 있으니까.

'아직 마나가 부족해.'

이트 급인 메리아는 회복된 마나를 확인하며 실망스런 표정을 지었다.

하루 종일, 아니, 며칠이든 시드에게 쉬지 않고 마나를 넣어주고 싶었다.

마나의 질이 낮다 할지라도 회복하는 데 조금이라도 도움이 된다면 생명까지 줄 수 있는 심정이었다.

한데 몸이 견디지 못했다.

이번에 잠든 것 역시 마나를 하나도 남기지 않고 시드에게 넣어주다가 일어난 일이었다. 즉, 기절했다는 표현이 정확했다.

"일어났니?"

그때 조심스럽게 문이 열리며 누군가가 들어왔다.

그녀는 한 손에 김이 모락모락 피어오르는 죽을 들고 있었는데, 방 안에 있던 크라운의 사람들은 그녀를 보자 흠칫했다.

그러나 죽의 주인이 자신들이 아닌 메리아란 사실을 파악하자 안도의 숨을 내쉬며 시드에게 집중했다.

그녀는 아이니였다.

"아이니 언니……."

"그렇게 마나를 소모하니까 쓰러질 수밖에. 이거 먹고 얼른 기운 차려."

메리아는 아이니의 배려에 고마움을 느끼며 수저를 들다가 잠시 망설였다.

그녀 역시 아이니의 요리가 특출 나게 맛있지 않다는 사실을 잘 알고 있었다.

평소라면 거절을 하지 못하는 성격으로 인해 먹어줬겠지만 지금은 몸의 상태가 그 무엇보다 중요했다.

시드에게 조금이라도 마나를 더 불어넣어 주고 싶기 때문에…….

"저, 저기 언니……."

"으응?"

속이 좋지 않다는 핑계로 벗어나려던 메리아는 순간 볼 수 있었다.

아이니의 두 눈동자에 서려 있는 먹이고 말겠다는 집념을!

만약 거절하면 콧구멍에라도 쑤셔 넣을 기세!

"메리아?"

메리아가 막 숟가락에 죽을 퍼서 입에 넣으려던 순간이었다. 굵직한 목소리와 함께 벨트라가 방 안에 들어왔다.

"네?"

"아, 얘기 들었어?"

"무슨 얘기요?"

메리아는 지금이 기회라고 느끼며 죽을 내려놓고 심하게 관심있다는 듯 벨트라의 얘기에 집중했다.

그 행동은 너무나 자연스러워 아이니 역시 의도를 알아차릴 수 없었다.

"시드에 관한 얘기야."

"오빠요……?"

메리아의 눈빛이 달라졌다. 정말 집중하게 된 것이다.

"그래. 네가 기절해 있는 동안 얘기가 끝나고 움직이고 있어. 아이니에게 못 들었어?"

"아직 얘기 못했어."

"빨리, 빨리 얘기해 주세요."

메리아의 재촉에 벨트라는 고개를 끄덕이며 검은 생명에 대해서 말해줬다.

그러자 예상대로 메리아의 표정은 어두워졌다. 하지만 금세 눈동자가 촉촉이 젖었고 언제 그랬냐는 듯 희미하게 미소까지 머금었다.

"다행이다……."

"그래?"

의외의 반응에 벨트라가 되물었다.

"네. 다행이잖아요. 오빠를 살릴 수 있는 방법을 찾았으니……."

"하지만……."

무언가를 말하려던 벨트라는 곧 자신의 말문을 막으며 실소를 흘렸다.

메리아 역시 위험에 대해 분명히 인지하고 있을 것이다. 듣고 싶은 말만 들을 수 없는 법이니.

그럼에도 기뻐할 수 있다는 것은 살 수 있다는 희망과 함께 누구보다 시드를 믿기 때문이었다.

"그래. 꼭 살아날 거다."

벨트라는 힘주어 그 말을 한 뒤, 메리아의 곁에 앉았다.

기다렸다가 현재 마나를 넣어주고 있는 이들이 지치면 자신이 그 몫을 대신하기 위해서.

그러다 메리아의 곁에 있는 죽을 발견했다.

"안 그래도 배고팠는데, 이거 내가 먹어도 되지? 아직 따듯하네!"

물어보는 순간 이미 죽을 한가득 푼 숟가락!

곧 그는 빛보다 빠른 움직임으로 메리아가 채 대답도 하기 전에 입 안에 넣었고 진심 어린 반응이 나왔다.

"컥! 누가 여기다 독을 탄 거야? 우욱!"

"……."

벨트라의 맷집은 그날 급상승했다.

*   *   *

"이곳인가?"

"그래. 어둠의 마나가 느껴져. 소문이 맞았어……."

검은 복면을 한 남자의 말에 마찬가지로 얼굴을 가린 여자가 대답했다. 그 둘은 다름 아닌 벨케와 에스였다.

둘뿐만 아니라 그들 곁에는 우드와 샤인, 라인과 프리야 공작도 함께하고 있었는데 역시 얼굴은 알아볼 수 없도록 한 상태로, 눈동자만 보였다.

그들이 이렇게 정체를 감추려 하는 이유는 악마 때문이었다.

처음에는 악마를 소환하려고 했으나 그러기에는 준비하는 데 시간이 너무 많이 필요했다.

더불어 소환에 필요한 준비물을 갖추기도 쉽지 않았다.

다른 것들이야 어떻게든 구할 수 있지만 악마 소환에 필요한 살아 있는 제물을 구하는 건 그들에겐 어려운 일이었다.

물론, 시드를 살리기 위해선 죄를 짊어질 이들이야 수없이 많겠지만 시드가 용납하지 못할 테니 말이다.

그렇기에 에스가 결정한 것은 봉인되어 있는 악마였다.

지금은 모두 소멸됐다고 알려져 있지만 사실은 두서너 정도의 악마가 여전히 잠들어 있는 상태였다.

그리고 이곳 발라스 왕국에 그중의 한 악마가 봉인되어 있었다.

"죽이면 안 돼."

에스가 당부하듯 얘기를 했다.

자신들의 목적은 악마일 뿐, 발라스의 교단과 싸우고 싶지 않았다.

"아아, 염려 마. 금방 끝낼 테니. 가지."

벨케가 더 이상 기다릴 여유가 없다는 듯 먼저 일어서며 앞으로 향했다.

그 뒷모습을 바라보며 에스는 저도 모르게 미소를 머금었다.

회의를 끝내고 많은 이들이 동참하기를 바랐다. 하나 벨케가 거부했다.

어설픈 실력으로 따라왔다가는 죽을 수도 있다는 사실을 알기 때문이었다.

그래서 자신의 목숨은 지킬 수 있다고 판단되는 여섯만으로 오게 됐다.

'변화하는 건가.'

예전의 벨케라면 자신 이외의 타인은 어떻게 되든 별로 상관하지 않았었다. 하나 시드와 일행을 만나고 달라지고 있었다.

지금 역시 애써 웃고 있는 그였지만 시드를 향한 걱정에 초조함이 느껴졌고 말이다.

에스는 그 나쁘지 않은 변화가 좋았다.

"누구냐?"

"미안하지만… 상대할 시간이 없다."

교단 입구에 들어서자 보초를 서고 있던 병사들이 앞을 가로막았다.

그와 함께 벨케의 전신에서는 거대한 마나의 오오라가 펼쳐지더니 그 셋을 순식간에 밀쳐 냈다.

찌잉! 찌잉!

경고음이 울리기 시작했다.

"네놈들은 누구냐!"

"감히, 이곳이 어디라고!"

"무슨 목적이냐!"

순식간에 교단 내에서 수많은 병사들과 성기사들, 신관들이 모습을 드러내며 일행을 둘러쌌다.

벨케는 그들의 전력을 파악하며 안도의 숨을 내쉬었다.

이 정도면 큰 힘을 쓰지 않고 악마를 가져올 수 있을 듯했다.

언제 시드가 숨이 끊어질지 모르기에 최대한 빨리 악마를 쓰러뜨리고 검은 생명을 위한 재봉인을 해야 했는데, 그전에 힘을 무리하게 쓴다면 악마를 상대하는 일이 쉽지 않을 수 있었다.

에스 역시 악마가 봉인되어 있다는 사실만 알 뿐, 어떤 악마이고 능력이 어느 정도인지 파악하지 못했다.

"어이, 죽기 싫으면 길을 비키지?"

벨케의 전신에서 재차 폭풍 같은 마나가 휘몰아쳤다.

그러자 기세등등해하던 그들은 온몸을 떨며 자신들도 모르게 주춤주춤 뒤로 물러섰다.

살아오며 이토록 강대한 기운을 느껴본 적이 있던가?

"이보게, 그 힘을 거둬주지 않겠나?"

그때였다. 입구에서 들린 목소리에 벨케의 인상이 찌푸려졌다.

"호오?"

벨케가 실소를 흘리며 한 노인을 쳐다봤다.

백색의 천에 황금빛 수가 수놓아진 옷을 입은 그는 의상만 봐도 평범한 인물이 아님을 알 수 있었다.

"오랜만이네."

"크큭. 자네가 이곳에 있었다니… 이건 필요가 없겠군. 카네치 추기경."

"추기경?"

벨케가 복면을 벗으며 말하자 에스는 놀란 목소리로 물었다.

추기경이라 하면 공작과 같은 작위였으며, 발라스에는 총 세 명의 추기경이 존재했다.

"그런 자가 왜 여기에……."

"저놈의 성격이 워낙 괴팍하거든."

"어떻게 알아?"

"아, 과거에 몇 번 만난 적이 있어. 술 친구였다고나 할까."

벨케의 대답에 에스는 고개를 끄덕이며 일단 돌아가는 상황을 주시하기로 결정했다.

교단의 신도들 역시 추기경과 벨케가 아는 사이이자 함부로 나서지 못한 채 그의 명만을 기다리고 있었다.

"자네가 온 이유를 말해줄 수 있겠나?"

인자하던 카네치의 두 눈동자가 날카로워졌다.

아무리 친분이 있는 사이라 할지라도 지금은 악마를 지키는 역할을 하고 있었다. 공과 사는 구분해야 했다.

"이곳에 찾아온 이유가 뭐겠어?"

"그것을 원하는 건가?"

"그래. 지금 당장."

벨케의 단호한 말투에 카네치는 뜻밖이라는 얼굴을 했다.

언제나 장난만 치던 그가 저토록 진지한 표정을 짓다니, 벨케가 어느 정도 필요로 하는지 잘 알 수 있었다.

"만약 못 준다면?"

"힘으로 가져간다."

사아아…….

피어오르는 벨케의 기운을 이겨내지 못한 바람이 방향을 바뀌었다.

"진심이군."

카네치는 더욱 가라앉은 눈으로 벨케를 노려보며 말했다.

그런 카네치의 전신에서도 성스러운 빛이 점점 퍼져 나왔다.

‘마탈 급이야.’

그의 신성력의 질과 양을 재며 에스는 감탄했다.

겉으로 보기에는 아무런 힘도 없을 법한 노인네지만 그 내면은 괴물이었다.

하나 벨케와의 차이가 너무 컸다. 그뿐 아니라 프리야 공작도 존재했다.

전면전이 벌어진다면 프리야 공작이 카네치를 맡고, 벨케가 남은 이들을 제압한다면 별 피해 없이 상황을 종료시킬 수 있었다.

단, 처음 예상보다는 힘의 소모가 커진다는 게 문제였다.

“이유를 말해줄 수 있겠나?”

“내 제자가 죽어간다. 시간이 없어.”

“허헐. 자네가 제자란 표현을 쓰다니…….”

“시간이 없다고 했다.”

벨케에게서 이제는 살기까지 뻗어 나왔다. 카네치의 얼굴이 급속도로 굳었다.

그와 동시에 신관과 성기사, 병사들 역시 자신들의 힘을 끌어올렸다.

불만 붙는다면 거대한 폭발이 일어날 듯한 상황.

그 긴장감 속에서 모두가 벨케와 카네치를 주시하고 있을 때 먼저 움직인 것은 카네치였다.

“가지.”

카네치가 자신의 신성력을 제어하며 벨케에게 손을 내밀

었다.

"추, 추기경님!"

카네치의 말에 화려한 교단 복을 입은 한 신관이 납득할 수 없다는 듯 그를 불렀다.

물론 그 역시 느낄 수 있었다. 눈앞에 있는 남자를 상대하기 위해서는 목숨을 걸어야 할지도 모른다고.

그러나 인원수의 차이가 존재했으며, 자신들에게는 지켜야 될 명이 있었다.

한데 이토록 허무하게 봉인된 악마를 내주려고 하다니…….

"나에게 가장 중요한 것은 생명을 잃지 않는 것이네."

신관에게 카네치가 인자하게 웃으며 말했다. 그리고 납득하지 못하는 일부 신관들과 성기사들을 위해 말을 덧붙였다.

"그와 그의 동료가 적이라면… 비록 수는 적다 할지라도 우리는 모두 죽음을 피하지 못할 것이네. 나는 그의 힘을 잘 아네."

그 말과 함께 카네치는 교단 안으로 걸음을 옮겼고, 벨케와 일행이 그 뒤를 따랐다.

신관들과 성기사들 역시 함께 가고 싶었으나 괜찮다는 카네치로 인해 어쩔 수 없이 뒷모습을 바라볼 수밖에 없었다. 곧 벌케 일행은 곧 교단의 지하로 향하는 문 앞에 도착했다.

"음산하군."

지하로 향하는 문은 새하얀 색이었지만, 그 속에서 흘러나오는 마나는 검고 탁했다.

"역시 잘 느끼시는군요."

카네치가 이유를 알겠다는 듯 말하자 에스는 아무런 대답을 하지 않았다.

그는 마탈 급의 신성력을 가진 추기경이니 자신의 정체를 알아차리는 것이 어쩌면 당연한 일이었다.

끼이익.

오랫동안 열리지 않았던 듯 지하로 향하는 좁은 문은 듣기 싫은 마찰음을 내며 열렸다.

"묻고 싶은 게 있네."

"뭔가?"

내려가기 직전 카네치가 벨케의 시선을 정면으로 바라보며 물었다.

"자네의 제자를 살리기 위해서라고 했지?"

"그래."

"한데 악마로 어떻게 살린다는 것인가?"

"악마의 생명을 내 제자가 잡아먹게 할 것이다."

"그거… 설마?"

카네치의 얼굴에 그림자가 드리워졌다.

과거 이와 비슷한 내용을 교황에게 들은 적이 있었고, 호기심에 그것과 관련된 서적을 찾기 위해 노력했으나 구할 수 없었다.

"검은 생명인가?"

"자네도 알고 있나?"

벨케가 뜻밖이라는 듯 되물었다.

에스가 말하기로는 흑마법에서 전해져 내려오는 고대의 금기 마법이기에, 마녀들 중에서도 아는 이들이 극히 드물다고 했었다.

"누군가에게 비슷한 얘기를 들어본 적이 있다네. 내 기억이 맞다면… 그건 너무나 위험하지 않은가?"

"그 방법밖에 없으니까."

"내가 묻는 건 그게 아니네."

카네치의 발언에 벨케는 한숨을 내쉬었다.

그가 묻는 게 무엇인지 잘 알 수 있었다. 만약 뜻이 일치하지 않는다면 그는 죽는다 할지라도 물러서지 않을 것이다.

"만약 그가 악마에게 잡아먹힌다면 내가 죽인다."

일말의 망설임도 없는 벨케의 발언.

그의 각오를 확인한 카네치는 씁쓸한 시선이 되어 고개를 끄덕이더니 지하실 아래로 내려갔다.

"이제 다 왔네."

예상보다 지하는 깊었고, 미로처럼 복잡했다.

그뿐 아니라 카네치의 얘기에 의하면 곳곳에 함정이 준비되어 있다고 했다.

악마의 봉인을 지키기 위해 오랜 시간 노력해 왔다는 사실을 알 수 있었다.

“저것이네…….”

열 걸음 정도를 더 걷고, 마지막으로 닫혀 있는 문을 열며 카네치가 손가락으로 한곳을 가리켰다.

그곳에는 거대한 알이 존재했다.

마치 심장이 뛰는 것처럼 일정한 주기로 꿈틀거리는 검붉은 알.

그 알에서는 소름끼치는 어둠이 느껴졌다.

“만약을 대비해 다른 이들을 대피시켜 주세요.”

에스는 해제 의식을 치르기 전 카네치에게 부탁했다.

자신들의 힘으로 재차 봉인할 수 있는 존재면 모르겠지만 만약 그렇지 않다면 모두가 위험해질 수 있었다.

“알겠네.”

그 마음을 잘 아는 카네치는 곧 마법 통신구를 이용해 뜻을 전달했고, 잠시 후 모든 준비가 완료되자 에스는 악마의 힘을 소환했다.

스파아앗!

에스의 모습이 변하더니 그녀의 전신에서 마탈 급의 마나가 뿜어져 나오기 시작했다.

벨케와 프리야가 걱정스러운 눈길로 그녀를 쳐다봤다.

하나 타인이 만들어놓은 봉인을 풀기 위해서는 어쩔 수 없는 선택이었다.

고대의 마법을 시전해야 했으며, 준비해 온 마나 스톤과 벨케와 프리야 공작의 힘도 빌려야 했다.

곧 그녀는 악마의 봉인을 풀기 시작했다.

쩌저적! 슈우우…….

시간이 지나자 알에 금이 가기 시작했다. 그 금이 간 곳에서 검은 연기가 새어 나왔다.

그러자 모두는 마나를 끌어올리며 전투 태세를 취했다.

카네치 역시 벨케를 도와 악마를 쓰러뜨리기 위해 신성력을 극한으로 끌어올렸다.

악마가 적이라면 카네치의 신성력은 더욱 큰 위력을 발휘할 수 있었다.

"이제 곧…….”

땀투성이가 된 에스의 말이 채 끝나기도 전이었다.

거대한 폭발음과 함께 검은 연기가 내부를 가득 메웠다.

오랜 시간 잠들어 있던 악마가 해방된 것이다.

*　　　*　　　*

"커어억!”

"시, 시드!”

"오빠! 오빠!”

침묵이 흐르던 방 안은 시드의 발작과 함께 소란이 일어났다.

여전히 눈도 뜨지 못한 채 붉은 피를 꾸역꾸역 토해내는 시드. 벨트라는 다급히 스로우를 호출했다.

벨케와 일행이 실력자인 스로우를 놔두고 간 이유였다.

자신들이 없을 때 시드의 상태가 악화된다면 뛰어난 질의 마나를 불어넣어 줄 인물이 필요했으니까.

"오빠……."

메리아의 두 눈동자가 촉촉이 젖었다.

그 많은 사람들이 쉬지 않고 마나를 불어넣고, 치유를 계속해도 시드의 상태는 시간이 흐를수록 나빠졌다.

이제는 핏기조차 없어 가까이서 호흡을 느끼지 않았다면 죽었다고 착각할 정도였다.

"괜찮아, 괜찮아……."

스피네가 서글픈 얼굴로 메리아를 꼭 껴안아주며 머리카락을 쓰다듬었다.

그 모습을 트라이는 두 걸음 떨어진 채 바라보고 있었다.

'제발 일어나라.'

트라이는 입술을 잘근 깨물었다.

화가 났다. 슬퍼하는 메리아에게 위로조차 되지 못하는 스스로에게.

분하지만 인정할 수밖에 없었다. 메리아에게는 시드가 없어선 안 된다고…….

"비켜주세요!"

"스로우님!"

그때 연락을 받은 스로우가 다급히 문을 밀치며 들어왔고 무리하게 마나를 쏟고 있던 벨트라는 자리에서 일어서다 휘청거렸다.

몸 상태가 쇠약해진 것은 그뿐만이 아니었다.

함께 마나를 넣던 이들 역시 위기를 느끼고 밑바닥까지 불어넣다 보니 식은땀을 흘렸고, 일어서지 못하는 이들도 있었다.

"당장 에트 급 상급부터 모두 불러주세요!"

시드의 상태를 살피며 빠른 속도로 마나를 불어넣던 스로우가 외쳤다.

치료 마법을 시전하고, 마나를 채우고 있음에도 출혈이 멈추지 않았다.

그뿐 아니라 호흡 역시 미세하게 희미해져 가고 있었다.

"아, 알겠습니다!"

심상치 않음을 느낀 스피네가 고개를 끄덕이며 마법 통신구에 마나를 불어넣었다.

"시드 씨……."

얼마나 울었는지 두 눈이 퉁퉁 부은 채로 곁을 지키고 있던 시란이 차마 볼 수가 없어 몸을 돌리던 그 순간이었다.

"수고들 했다."

낯익은, 지친 목소리에 모두는 하나 되어 고개를 돌렸다.

그곳에는 벨케가 만신창이가 된 채 웃고 있었다.

신비로우면서도 끔찍한 광경이었다.

에스가 마법을 시전하자 주먹만 한 크기의 검은 구슬이 시드의 가슴 안으로 서서히 빨려갔다. 그와 함께 시드의 전신이 검어지면서 온몸에서 열기가 발출됐다.

"크으윽! 아악!"

시드의 찢어질 듯한 비명이 울려 퍼졌다.

"괘, 괜찮은 건가요……?"

메리아가 불안한 눈동자로 묻자 에스는 모두에게 먼저 나가 있으라고 부탁했다.

메리아와 시란이 곁에 있고 싶다고 말했지만 이번만큼은 에스 역시 냉정하게 거절했다.

시드가 깨어났을 때 어떤 상태일지 알 수 없었다.

만약 최악의 경우라면 메리아나 시란이 곁에 있다가는 순식간에 죽임을 당하고 말 것이었다.

그렇기에 벨케와 자신이 앞으로 시드의 곁을 지킬 계획이었다.

"이제… 기다려야 하는 것입니까?"

시드의 방을 빠져나온 모두는 벨트라의 질문에 프리야 공작을 쳐다봤다. 현재 악마와 대적했던 모두는 치료를 받고 있었다.

시드와 함께 있는 에스와 벨케에게도 마법사들이 붙어 있는 상태였다.

"그래. 우리가 할 수 있는 일은 이제 없네……."

가장 적은 피해를 입어 움직일 수 있는 프리야였지만 그의 목소리 역시 많이 지친 상태였다.

"오빠가 깨어날 때까지 들어갈 수 없는 건가요?"

메리아가 고개를 떨구고 묻자 프리야는 다정하게 웃으며 고개를 저었다.

"잠시는 괜찮단다. 그들이 걱정하는 것은 다른 사람들이 있을 때 시드가 최악의 경우로 깨어날 때지. 만약 그렇게 된다면… 지켜줄 여유가 없거든. 그 정도로 무서운 존재이니까."

"도대체 어느 정도 강하기에……."

벨트라가 침을 꿀꺽 삼키며 물었다.

벨케와 에스, 프리야와 우드, 샤인과 라인까지 악마와 맞서기 위해 함께 갔었다.

벨트라는 내심 벨케, 에스, 프리야 이 셋의 힘이면 악마도 충분히 무너뜨릴 수 있다고 믿었다.

한데, 모두가 죽음을 넘나든 듯한 모습으로 돌아왔다.

"만약… 악마가 약해진 상태가 아니었다면 우리는 실패했을 것이다."

"저, 정말입니까?"

"그렇다네."

프리야는 부정하지 않으며 악마와의 대면을 전해줬다.

악마는 사람 형태의 그림자 같은 모습이었으며, 벨케보다 두 배 이상 컸고, 두 눈동자만이 붉게 빛났다.

전투는 치열하게 펼쳐졌다.

가장 전방에서 맞서 싸운 것은 역시나 벨케였고, 카네치와 프리야, 에스가 그 뒤를 받쳤다.

라인과 샤인, 우드는 빈틈이 보일 때마다 치고 빠지기로 꾸준한 타격을 입혔다.

그렇게 간신히 악마를 쓰러뜨릴 수 있었다. 하나 모두의 상태는 말이 아니었다.

격렬하게 맞서 싸우며 많은 데미지를 홀로 받아낸 벨케, 외적인 상처보다도 악마의 힘을 쓴 탓에 티끌의 마나도 남지 않은 에스, 악마의 거대한 마나의 파장에 적지 않은 부상을 입은 라인과 샤인, 우드.

그나마 프리야 공작과 카네치만이 겨우 움직일 수 있었다.

만약 라인과 샤인, 우드 역시 마탈 급에 올랐더라면 지금의 피해는 면할 수 있었을 것이다.

위험한 공격은 벨케가 최대한 막아냈으며, 그가 막지 못한 기운들을 그 셋은 감당하지 못한 것이니.

그 후, 일어설 힘조차 없던 일행은 신관들의 치유로 일부 회복을 한 뒤에 빠르게 돌아왔다.

마녀라 신성한 치유를 받을 수 없던 에스에게는 신전에 있던 값비싼 포션을 건네줬었다.

"그토록 강하다니. 그것도 약해진 상태가⋯⋯."

스크푸가 멍한 얼굴로 중얼거렸다.

"지친 상태에서 오랜 시간 봉인된 탓이지. 그녀는 그 점을 예측했기 때문에 악마의 봉인을 풀기로 결정한 것이고. 만약… 악마가 원래의 힘을 가지고 있었더라면 크라운과 교단의 모두가 힘을 합쳐도 이길 수 없었을지도 모른다네."

"정말 놀랍군요……."

"신의 생명체라 불린 드래곤들조차 두려워했다고 전해지니… 당연한 것인지도 모르지."

프리야의 의견에 동의하며 모두는 고개를 끄덕였다.

지금은 멸종해 존재를 찾아볼 수 없었지만, 신의 생명체라 불리며 플루닉을 창조한 드래곤들.

그들의 힘은 역사나 전설 속에서도 잘 알 수 있었다.

물론 과장된 부분이 있을 수도 있겠지만 그렇다 치더라도 말이다.

한데 그 드래곤들조차 악마가 이 세상에 나타나면 여럿이 힘을 합쳐서 악마와 싸웠다고 전해졌다.

"그런 악마와……."

메리아가 주먹을 꽉 쥔 채 중얼거렸다.

그 누구보다 시드를 믿지만, 그를 잃게 될지도 모른다는 불안함에서 벗어날 수는 없었다.

프리야는 그런 메리아에게 다가가 손을 마주 잡아줬다.

"시드는 메리아를 많이 아끼더구나. 그러니 절대 메리아를 혼자 두지 않을 것이다. 우리 함께 시드를 믿자꾸나."

"네에. 흑."

메리아는 결국 터져 나오는 울음을 참지 못한 채 프리야의 품에 안겼다.

그런 메리아를 위해서라도 시드가 무사히 깨어나기를 모두
는 간절히 바라고 또 바랐다.

"여긴 어디지?"

시드는 어둠만이 존재하는 공간에서 주위를 둘러봤다.

마치 세상 자체가 검은색에 잡아먹힌 듯한 공간. 그 속에서
시드는 어떤 존재가 있다는 것을 깨달았다.

전신을 파고드는 소름끼치는 타락한 마나, 살을 베어내는
듯한 살기.

'나를 향하고 있다.'

알 수 없는 존재의 목표가 자신이란 것을 안 시드는 정신을
집중했다.

이곳이 어디인지, 자신 홀로 왜 이곳에 있는지는 지금 중요
하지 않았다.

본능이 외쳤다, 어둠 속에 웅크리고 있는 적이 자신의 생명
을 노리고 있다고.

"그런 거였군……."

그때였다. 탁하고 거친 음성이 시드의 귓속을 파고들었
다.

마치 산에서 되돌아오는 메아리처럼 그 음성은 웅웅거리며
여러 번 반복됐다.

"왜 죽이지 않고 다시 봉인을 하나 했더니… 검은 생명이었
어. 으하하!"

'크윽!'

시드는 귀를 막으며 인상을 찌푸렸다.

웃음소리에 섞인 마나로 인해 바늘로 찌르는 듯한 통증이 느껴졌다.

"크큭. 재미있군, 재미있어. 좋아. 즐겨주지."

'도대체 무슨……'

자신은 아무것도 모르겠는데 적은 마치 다 알고 있다는 듯 얘기하고 있었다.

"꼬마야, 그거 아느냐?"

"……."

"너를 살릴 수 있다는 착각으로 인해 이 세계의 모든 인간들이 죽게 되리란 것을!"

그 말과 함께 악마는 시드를 향해 쏜살같이 달려들었다.

"하아아, 으윽!"

시드의 신음과 비명은 삼 일째 끊이지 않았다.

그로 인해 크라운에서는 더 이상 웃음을 찾아볼 수 없었고, 모두가 걱정과 불안에 떨며 하루하루를 보냈다.

"이겨낼 수 있을까."

벨케가 시드를 내려다보며 낮은 어조로 말했다.

하지만 곁에 있는 에스는 아무런 대답을 하지 않았다. 그녀 역시도 확신할 수 없기 때문이었다.

"믿을 수밖에……."

프리야가 마치 자신이 고통을 느끼는 듯 괴로워하는 얼굴로 시드에게서 시선을 떼지 않은 채 말했다.

"에스, 메리아는 어떻소?"

"재우고 왔어요. 내일 아침까지는 쉴 수 있을 거예요."

에스는 서글픈 얼굴로 메리아를 떠올렸다.

그녀는 하루에 한 번은 시드를 찾아와 몇 분 동안 말없이 바라보다 돌아갔다.

그리고 나가는 순간부터 다음날 다시 찾아올 때까지 아무도 없는 방에 들어가 하루 종일 울었다.

그러다 삼 일 내내 잠을 안 잤다는 사실을 알게 된 에스가 결국 그녀를 찾아가 마법을 시전하게 됐다.

방치했다가는 메리아조차 쓰러지게 될 테니.

"에스, 그대도 이제 쉬어야 하오."

프리야가 에스에게 다가가더니 손을 살며시 붙잡고 얘기했다.

그녀는 몸 상태가 좋지 않으면서도 시드의 곁을 떠나려 하지 않고 있었다.

모두가 외상이 어느 정도 치유된 지금, 가장 휴식이 필요한 사람은 에스였다.

"하지만……."

"그래. 프리야와 나면 충분하다. 깨어나면 바로 알려줄 테니깐."

벨케까지 거들자 에스는 결국 어쩔 수 없다는 듯 자리에서 일어나 시드를 한참 내려다보다가 자신의 방으로 돌아갔다.

"잠이 들었네."

에스가 눈을 떴을 때는 이미 어둠이 내려앉은 저녁이었다.

평소 오랜 시간 잠을 자지 않는 그녀였지만 지금은 회복기이기에 수면이 더 필요했다.

'조용하구나…….'

방 안에 침묵이 흘렀다. 섬 자체에서도 침묵이 흘렀다.

매일 밤 늦게까지 수련을 하고, 즐겁게 놀기도 하며 활기찼던 섬은 며칠째 자취를 감추고 있었다.

'만약 잘못된다면…….'

에스는 문득 드는 불안함에 저도 모르게 손톱을 깨물었다.

어쩔 수 없는 선택이었다. 그 사실은 그녀도, 모두도 잘 알고 있었다.

하지만 에스의 입장은 달랐다. 아무리 시드를 위한 길이었다 할지라도 검은 생명을 제안한 것은 자신이니 말이다.

"하아……."

에스는 긴 한숨과 함께 두 눈을 감았다.

잠이 들고 싶었다. 더 이상 불안함에 지배당하지 않기 위해서라도 이대로 깊은 잠에 빠져들고 싶었다.

그때였다. 마법 통신구의 신호가 들렸다.

에스는 두 눈을 뜨며 통신구에 마나를 주입시켰다.
그러자 가라앉은 벨케의 목소리가 들려왔다.
"시드가… 깨어난다."

CHAPTER 03
현왕의 조건

"메리아, 나가 있어라."

벨케가 긴장된 얼굴로 시드에게서 시선을 떼지 않은 채 애기했다.

피부색이 원래대로 돌아왔다. 더 이상 괴로워하지도 않았다. 방 안을 가득 채우고 있던 어둠의 마나도 사라졌다.

에스가 말해준 깨어나기 직전의 상태였다.

"하지만……"

메리아는 무언가를 더 말하려다가 체념하고 돌아섰다.

자신을 위해서라는 사실을 잘 알고 있었고, 만약 최악의 경우라면 곁에 있어봤자 짐이 될 뿐이었다.

'오빠, 오빠……'

메리아는 원래 아침까지 잠들어 있어야 했으나, 시드의 꿈을 꾸면서 에스의 마법을 벗어나게 됐다.

꿈에서 시드는 언제 아팠냐는 듯 환하게 웃으며 자신을 안아줬었다.

그래서 혹시나 시드가 깨어나지 않았을까 하는 생각에 달려와 봤는데, 놀랍게도 깨어나기 직전의 상태였다.

'제발……'

시드의 방을 벗어난 메리아는 두 손을 꼭 쥐었다.

안전을 위해서라면 실력자인 일부를 제외한 다른 사람들처럼 숙소 자체를 벗어나야 했지만 차마 그럴 순 없었다.

혹시나 무슨 일이 생긴다면 이동 주문서로 피할 수 있었다.

그 시각, 벨케와 프리야는 긴장을 늦추지 않으며 누워 있는 시드를 빤히 쳐다봤다.

정적 속에서 둘의 머릿속은 복잡했다. 바람대로 시드가 무사하다면 좋겠지만 만약의 경우 자신들의 손으로 없애야 했다.

에스의 얘기에 의하면 막 깨어났을 때는 큰 힘을 발휘할 수 없다고 했다.

설령 악마가 시드의 육체와 영혼을 먹었다 할지라도 자신의 것으로 만들기 위해서는 시간이 필요했기 때문이다.

사아아…….

흠칫!

시드의 전신에서 검은빛이 번쩍였다.

그와 함께 프리야와 벨케는 저도 모르게 몸을 떨었다.

제아무리 대륙에서 당해낼 자가 없는 그들이라 할지라도 시드의 생명과 악마의 부활이 결정되는 지금은 작은 반응 하나에도 놀랐다.

벌컥!

"어떻게 됐어? 컥!"

연락을 받고 다급히 달려와 소리치던 에스의 등에서 식은땀이 흘렀다.

문을 열자마자 양옆에서 프리야와 벨케의 검이 날아와 자신의 목에 닿았기 때문이다.

"허, 허헐. 당신이었소?"

"사람 간 떨어지게 하지 마라!"

"누구 간이 떨어졌을까?"

둘의 실력이 뛰어나 상처를 입지 않을 수 있었던 에스는 실소를 흘리며 목을 매만졌다.

극도로 긴장한 탓에 자신들도 모르게 반응을 한 것이었는데, 보기 드문 광경이었다.

"아직 눈은 뜨지 않았다."

"그래? 일단… 준비를 해야겠지."

에스는 그 말과 함께 마나 스톤을 방 곳곳에 놓기 시작했다. 고대의 마법을 준비하려는 것이다.

아직 몸이 회복되지 않은 상태라 고대의 마법을 시전하려면 타격이 크겠지만 어쩔 수 없었다.

만약 사전해야 될 경우, 악마를 부활하게 만든 것은 바로 자신이 되니까 말이다.

"다른 특징은 없어? 어떤 특징이 나타나면 악마에게 먹힌 거라는 둥."

"내가 알 수 있는 것은 여기까지야. 그런 건 고서에도 나와 있지 않았어."

"정말 피 마르는군."

프리야가 이마에 맺힌 땀을 닦으며 중얼거리는 그 순간이었다.

꿈틀.

에스의 눈빛이 돌변하며 시드의 손을 쳐다봤다. 분명 미세하게나마 손가락이 움직였었다.

그러자 벨케와 프리야 역시 사태를 파악하며 마나를 끌어올린 채 시드를 주시했다.

꿈틀, 꿈틀.

이번에는 모두가 확실히 볼 수 있을 만큼 손가락이 움직였다.

그리고 시드의 두 눈이 떠졌다.

"……."

시드는 지금의 상황을 파악하기 위해 노력했다.

바에튼의 저택이 습격당했을 때 죽음을 느꼈고 의식을 잃었다.

그런데 갑자기 악마라는 놈이 나타났고, 지금 드디어 의지를 가지고 두 눈을 뜰 수 있었다.

살아 있는지, 죽었는지도 확신하지 못하는 상황.

한데 왜 벨케와 프리야의 검이 자신의 목과 가슴에 겨눠져 있으며, 시전된 마법을 대기시키고 있는 에스의 손이 왜 자신을 향하고 있는가?

"저, 저기……."

"네놈의 정체는 뭐냐!"

"시드인가? 아니면 악마인가?"

"똑바로 말해라. 시간이 없으니까!"

"……."

말문 한 번 열자마자 벨케와 프리야, 에스의 순서로 한꺼번에 쏟아지는 질문!

'도대체 어떻게 된 일이야? 젠장, 좀 알려주던가!'

시드는 꿈인지 현실인지 알 수 없는 곳에서 만난 악마를 탓했다.

분명 무언가를 알고 있는 듯했지만 궁금해하는 모습을 즐기듯 알려주지 않았다.

그렇기에 깨어난 지금도 왜 이런 반응이 보이는지 알 수 없었다.

스으윽.

흠칫!

'이것 봐라.'

처음으로 보는 바짝 긴장한 셋의 모습에 시드는 손을 살짝 움직여 봤다.

그러자 마치 적과 마주하고 있는 듯 셋 모두는 자신의 손에 시선을 주시하며 반응했다.

'뭔지는 모르겠지만… 재미있는데?

항상 당하기만 했지, 언제 저들의 이런 모습을 볼 수 있을 것이라 생각했던가!

시드는 확신했다. 지금 저 셋의 반응은 자신이 벨케에게 두들겨 맞을 때 그의 눈치를 볼 때와 똑같다는 것을!

'장난 좀 쳐볼까?

사태가 얼마나 심각한지 파악치 못한 채 무개념 작렬!

스윽! 쉬익! 휘익! 벌떡!

"컥!"

손과 발, 머리까지 한 번씩 흔들어준 시드는 상체를 단번에 일으켰다.

그와 함께 셋의 놀란 얼굴이 눈에 들어왔지만 시드는 웃을 수 없었다.

목을 겨누고 있는 검에 마나가 맺혔으며 살기까지 흐르고 있었다.

"누구냐고 물었다."

벨케의 목소리가 낮게 가라앉았다.

시드는 본능적으로 더 이상 장난을 쳤다가는 죽게 될지도 모른다고 확신하며 어깨를 으쓱거렸다.

"시드죠. 누구겠어요? 왜들 그래요?"

오히려 묻고 싶은 게 많은 이는 다름 아닌 자신이었다.

"정말 시드니?"

에스의 목소리가 들리자 시드는 시선을 마주치며 고개를 끄덕였다. 그리고 곧바로 누군가를 떠올리며 물었다.

"메리아는요?"

"하, 하하……."

시드의 말과 동시에 프리야가 검을 내리며 힘없이 웃음을 터뜨렸다. 에스와 벨케 역시 안도한 듯한 얼굴로 바닥에 털썩 주저앉았다.

"이 녀석, 이 녀석!"

벨케가 가까이 다가와 시드의 양 볼을 잡고 흔들며 흥분을 주체하지 못했다.

그가 가장 먼저 믿는다고 말했었지만 내심 희박한 확률이란 사실을 떨쳐 낼 수 없었다.

악마와 대면한 이후 그 불안감은 더욱 커졌었다. 생각 이상으로 거대한 존재였기에.

한데 시드는 살아났다. 그 악마조차 제압하고 말이다!

"나는 네놈을 믿었다. 사실 확신은 안 했지만 믿었어! 정말 죽을 줄 알았지만 내심 믿은 것 같다! 그런데 진짜 믿을 수가 없구나!"

'결국은 안 믿었다는 거잖아요!'

시드는 실소를 터뜨렸다.

벨케가 이토록 횡설수설하는 모습을 보게 될 줄이야.

여러 의미로 오늘은 잊지 못하는 날이 될 것 같다는 생각이 들었다.

"진짜… 시드가 맞지?"

"네, 맞아요. 왜 자꾸 확인을 하시죠?"

그 부분이 가장 이해가 되지 않았다.

이들의 반응으로 봐서는 자신이 죽지 않고 살아난 것이다. 그들로서도 확신할 수 없는 방법으로.

그런데 본인인지를 되묻는 것으로 봐선 자신이 아닌 다른 무언가가 깨어날 수도 있었다는 건가?

'설마?

처음 대면했을 때 악마의 반응과 말들, 그리고 지금 이 셋의 태도와 공통된 질문.

하나일 때는 답을 알 수 없던 퍼즐이 두 개가 되니 맞춰지기 시작했다.

그 답은 곧 시드의 입을 통해 흘러나왔다.

"제가… 악마의 생명을 얻은 건가요?"

시드는 모든 얘기를 들을 수 있게 됐다.

자신이 마지막이라 믿었던 순간 벨케와 프리야, 에스가 나타났고 살릴 수 없다는 판단하에 검은 생명이라는 금단의 흑마법을 쓰기로 했다는 것을.

그리고 확률이 희박했으며, 어떤 위험이 따르는지도 말이다.

  '그 반응들이 이해되는군.'

  모든 것을 알고 있는 셋한테는 자신이 시드인지 악마인지 정확히 알 수 없었을 것이다.

  자신이 미쳐 죽을 때까지 싸우는 경우를 제외하고는 별다른 특징을 모르기에.

  악마에게 영혼과 육체가 먹혔을 경우 그 악마가 위기를 모면하기 위해 흉내를 낼 수도 있는 법이었다.

  그렇게 따지면 지금도 의심을 받아야 마땅했다.

  메리아를 거론했다 하지만 악마가 시드의 기억을 가졌을 수도 있기에.

  하나 악마들은 어둠을 타고나기에 감추려고 해도 그 마나의 질만큼은 어찌할 수가 없었다.

  즉, 현재의 시드가 만약 악마가 흉내를 내는 것이라 한다면 어둠의 마나로 가득 차 있어야 했다.

  물론 현재의 시드는 그러했다. 내부에 거대한 어둠의 마나가 존재했다.

  그러나 빠른 속도로 자연으로부터 마나를 회복하고 있었는데, 악마일 경우 내면에 흡수되는 순간 마나가 어둠으로 바뀌어야 했다.

  한데 시드는 어둠의 마나도 존재하면서 자연의 마나도 공존하고 있었다.

  그로 인해 시드가 진짜라는 사실을 확인할 수 있었다.

  "악마를 이겨낸 것인가?"

설명이 끝나고 재회의 기쁨을 누린 다음 프리야가 흥미로운 듯 물었다.

시드는 쓰게 웃으며 그 순간을 떠올렸다.

육체가 파멸했다. 자신은 도저히 적수가 되지 못했다. 그런데 웃기게도 살아 있었다.

분명 아무것도 존재하지 않는데 생각이 가능했으며 소리가 들렸고 악마도 보였다.

하지만 기뻐할 일만은 아니었다.

육체의 붕괴가 끝나자 정신을 공격당했기 때문이다.

살아오면서 가장 끔찍하고 괴로웠던 일들이 수없이 반복됐다. 현생에서뿐 아니라 전생의 기억들도 나타나 괴롭혔다.

더불어 죽은 이들이 나타나 원망했으며, 메리아를 비롯해 아는 모든 이들이 나타나 눈앞에서 죽어갔다.

또한 그들이 죽을 때마다 죽음의 고통을 느낄 수 있었으며, 그 시간이 반복됐다.

에스의 말로는 의식을 잃은 지 며칠이라고 했지만 시드는 그 이상을 그곳에서 보냈다고 믿었다.

열 배, 아니, 백 배는 더 긴 시간이었다.

그 시간 속에서 환각이라고 수없이 생각에 생각을 거듭했지만, 정신은 점점 붕괴되어 갔으며 하루에 수백, 수천 번 반복되는 죽음의 고통도 표현할 수 없을 만큼 끔찍했다.

그러다 영원히 사라지고 싶다는 의지까지 갖게 될 즈음이면 어김없이 악마의 유혹이 들려왔다.

유혹을 잡고 싶었다. 이제는 쉬고 싶었다. 더 이상은 감당할 수 없었다.

언제 끝날지도 모르는 이 지옥에서 벗어날 수만 있다면 영혼마저 소멸된다 해도 환영할 정도였다.

하나 그때마다 홀로 울고 있는 메리아가 떠올랐다. 그리폰과 카네도 나타났으며 벨케를 비롯한 모두가 아른거렸다.

자신의 눈앞에서 원망하며 죽는 환영들이 아닌, 기억 속 진짜들은 자신을 애타게 기다리고 있었다.

시드는 이를 악물었다.

자신의 고통은 너무나 무겁지만 그들의 바람을 외면할 수 없었다. 메리아를 혼자 둘 수 없었다.

그래서 악마의 유혹을 거절하고 또 거절할 수 있었다.

"만약 그때 넘어갔더라면 제가 아닌 악마가 부활했겠죠."

"그런 일이 있었구나……."

에스는 담담히 받아들이는 듯했지만 내심 크게 감탄하고 있었다.

과연 그 누가 지옥보다 더 지옥 같은 시간을 이겨낼 수 있을까?

언제 끝날지도 모르며, 차라리 죽음이 더욱 달콤하게 느껴졌을 텐데 말이다.

정신적인 괴로움도 극한이었겠지만 하루에 수천 번씩 죽음의 고통을 고스란히 받으면서 이겨낼 수 있는 사람이 존재한다는 말인가?

'언제나 한계를 뛰어넘는 아이구나.'

에스의 입가에 흐뭇한 미소가 그려졌다.

"시간이 지날수록 악마에게서 초조함이 느껴지면서 고통의 강도가 더욱 세졌어요. 저는 모르겠지만 악마는 알 수 있는 뭔가가 있었던 것 같아요, 그 시간 안에 저를 잡아먹지 못하면 자신이 잡아먹히는."

에스는 흥분을 감출 수 없었다.

소수의 이들만 알고 있는 검은 생명. 그것도 고서에 나온 내용만 알 뿐, 그 이상은 아무도 알지 못했다.

하지만 그 오랜 시간 감춰져 있던 내면이 이제 드러나고 있었다.

"마지막에 한 번 더 유혹이 있었어요."

"어떤?"

에스가 눈을 반짝이며 되물었다.

"자신과 함께 이 세상을 지배하지 않겠냐고. 그 제안을 받아들이면 광전사가 되었을지도."

"자네는 어떻게 했나?"

흐뭇하고 자랑스럽게 듣고 있던 프리야가 대답을 알면서도 물어봤다.

"지금의 제가 답이죠. 힘을 갈망하지만 제가 바라는 힘이 아니었어요. 전 파괴가 아닌 지키고 싶으니깐요."

유혹의 순간 확연하게 느껴졌다, 모든 걸 파괴하고 싶은 꿈찍한 검은 덩어리가.

더군다나 함께라고 얘기했다. 악마는 절대 자신과 함께 나란히 서지 않을 존재였다.

즉, 빠져들고 싶을 만큼 달콤하지만 치명적인 독이 들어 있는 유혹.

"역시 나의 제자다!"

"어?"

벨케가 만족스런 표정으로 외치자 시드가 뜻밖이라는 얼굴로 그를 쳐다봤다.

이때까지 자신한테 제자란 표현을 한 적이 없었다.

'으윽. 원래는 나의 제자인데!'

프리야 공작은 아쉬움에 입맛을 다셨다.

과거 시드를 제자로 삼고 싶었으나 그럴 수 없는 상황이 벌어졌었고, 그때의 마음은 지금도 다르지 않았다.

한데 상대가 벨케니 어찌할 노릇이 없었다.

그의 앞에서는 힘이 곧 법이니까!

"괜찮겠어? 제자한테 지게 될 텐데……."

"……."

에스의 정곡을 찌르는 한마디!

시드는 현재 악마의 힘을 몸속에 내재하고 있었다.

시간이 어느 정도 걸리느냐가 문제이지만 그 힘을 모두 자신의 것으로 만든다면 벨케조차 상대가 되지 않을 정도의 힘이었다.

"아, 아하하! 내가 누구냐? 그 누구보다 강한 존재다! 안 그러냐, 건방진 제자?"

'불똥이 왜 저에게 튀는 겁니까.'

험악하게 인상을 쓰며 얼굴을 들이대는 벨케! 사랑하는 제자가 아닌 경계해야 할 적으로 보는 눈빛!

시드는 애써 웃는 얼굴로 고개를 끄덕였다. 그러나 가슴은 크게 두근거렸다.

결과론적이지만 죽음에 이르렀던 게 오히려 큰 축복이 되어 찾아왔다.

넘어서고 싶다는 생각은 했지만 언제나 불가능이었다.

그러기에는 벨케와의 차이는 감히 비교조차 불가능할 만큼 압도적이었기에.

하나 악마의 힘을 얻게 된 지금은 달랐다. 한 번도 본 적이 없는, 검은 생명을 창시한 이에게 절을 하고 싶을 정도였다.

만약 이 몸속에서 숨쉬고 있는 거대한 힘을 모두 자신의 것으로 만든다면…….

소울 급이 지척에 다가온 느낌이었다.

"아참, 메리아는요?"

기분 좋은 흥분에 잠시 도취됐던 시드는 재차 메리아를 떠올리며 물었다.

아까 전에는 모두 정신이 없는 와중인지라 메리아를 데리고 올 판단을 하지 못했었다.

"맞다. 잠시만, 곧 데리고 올게."

에스가 자리에서 일어나며 대답했다.

방에 오기 직전 문 앞에 있던 메리아를 발견하곤 피해 있으라고 했다.

그렇지만 메리아는 위험하면 이동 주문서로 빠져나가겠다며 이곳에라도 있을 수 있게 해달라 했었다.

결국 에스는 어쩔 수 없이 마법을 시전해 강제로 메리아를 해변가로 이동시켰다.

가능하면 그녀의 부탁을 들어주고 싶었지만 지금은 그럴 상황이 아니었고, 설득할 시간적 여유도 없었기에.

에스가 나가고 10분 정도의 시간이 흘렀다.

인기척이 느껴지자 시드는 문 쪽으로 고개를 돌렸다.

스르륵.

문이 조심스럽게 열리더니 에스와 함께 서 있는 메리아가 보였다.

"오빠……."

메리아의 두 눈동자에 금세 물기가 고였다.

시드는 안쓰러운 눈길로 그녀에게 천천히 다가갔다. 그동안 얼마나 울었는지 눈이 퉁퉁 부어 있었다.

"오빠, 오빠……."

메리아가 결국 울음을 참지 못한 채 일그러진 얼굴로 시드의 이름을 반복해서 불렀다.

그런 메리아를 향해 시드가 환하게 웃으며 양팔을 벌렸다.

"다녀왔어."

“오빠!!”

메리아가 시드의 품에 안겼다. 시드는 메리아를 힘주어 안았다.

두 사람은 오랫동안 떨어지지 않았다.

“괜찮아……?”

“응. 괜찮아.”

시드는 곁에 누워 있는 메리아의 머리카락을 쓰다듬어 줬다.

아침이 되면 또 크라운의 마스터로 바쁜 시간을 보내게 될 것이었다.

그래서 해가 뜨기 전까지 메리아와 단둘이 보내고 싶었는데, 메리아가 품에 안겨서 잠들고 싶다고 말했다.

“헤헤… 좋다.”

“그래.”

시드는 애틋한 눈길로 메리아를 내려다봤다.

불은 꺼져 있지만 시드의 시력에는 그녀의 얼굴이 하나하나 자세히 보였다.

감고 있지만 아름다움을 감출 수 없는 눈, 예쁘장한 코와 도톰한 입술, 새하얀 피부와 은색의 머리카락.

시간이 지날수록 더욱 여자의 향기를 풍기는 메리아.

이번 일을 겪으며 메리아가 자신의 마음속에 얼마나 큰 존재인지를 새삼 깨달을 수 있었다.

메리아와 자신은 피가 섞이지 않았다.

어떻게 보면 메리아가 바라는 것처럼 오빠, 동생이 아닌 연인이 될 수도 있었다.

다만 아직 확신할 수 없는 점이 있었는데, 이 감정이 친동생처럼 느껴서인지 이성을 향한 사랑인지 알 수 없다는 것이었다.

제대로 된 연애를 해본 적이 없기에 구분을 할 수가 없었다.

다른 이들에게 들은 사랑의 감정이 자신이 친 여동생에게 느낀 것과 별반 다르지 않은 탓이다.

가족을 향한 마음 역시 사랑이기에.

"무서웠어……."

문득 메리아가 얘기했다.

"정말 무서웠어……."

"……."

"이대로 오빠를 다시 볼 수 없을까 봐, 정말 오빠를 영영 잃게 될까 봐 너무 무서웠어."

시드는 메리아의 볼을 쓰다듬었다. 메리아가 고개를 살짝 들어 올렸다. 그러자 눈이 마주쳤다.

"절대… 너를 혼자 두지 않아. 약속할게."

시드의 확신 어린 말에 메리아는 세상 그 누구보다 기쁜 표정을 지으며 천천히 고개를 끄덕였다.

"절대, 나를 혼자 두고 가지 마. 그러면 나도 따라갈 테니까……."

　메리아의 말이 무슨 뜻인지를 잘 아는 시드는 그녀의 어깨를 감싸 쥔 손에 힘을 주며 다짐했다.
　절대 그런 일을 만들지 않겠다고.
　스르륵.
　메리아가 품에 안겨 곤히 잠들자 시드는 메리아를 침상에 눕히고 한참이나 더 바라보다 조용히 문을 열고 밖으로 나왔다.
　"하아."
　새벽의 찬바람을 맞으며 바다를 바라보고 있던 시드는 자신의 가슴을 손으로 매만졌다.
　그곳에서는 악마의 심장이 두근거리며 뛰고 있었는데 기분이 오묘했다.
　더불어 시드는 다른 이들에게는 아직 말 못한 사실을 떠올렸다.
　그들의 생각과는 달리 악마는 아직 사라지지 않았다. 시드는 그 사실을 확연히 알 수 있었다.
　마치 자신의 내면 깊숙한 곳에서 잠들어 있는 듯한 기분이었다.
　'언젠가는 얘기해야겠지.'
　기뻐하고 있는 그들에게 괜한 걱정을 만들어주고 싶지 않았다. 아직은 아무런 악영향도 없는 것 같고 말이다.
　또한, 얘기를 해봤자 해결책이 나올 것 같지 않았다.
　자신의 새로운 생명이 된 악마가 사라지지 않고 공존하고

있었다. 즉, 그 악마를 없애려면 자신 역시 죽어야 한다는 뜻이
었다.

　'평생 이대로 잠들어 있으면 좋을 텐데…….'

　악마가 다시 깨어날지, 깨어나면 어떤 영향을 미칠지 알 수
없다. 그렇기에 가장 좋은 것은 깨어나지 않는 것이었다.

　그러면 악마가 잠들어 있기는 해도 사라진 것과 다를 바 없
으니 말이다.

　'이제 신관들을 멀리해야 하나.'

　가슴에서 손을 떼고 먼 바다를 바라보며 몸속에 잠재하고
있는 어둠의 마나를 느끼고 시드는 실소를 흘렸다.

　어둠의 마나를 융화시킬 수는 있지만 질은 바꿀 수 없다고
했다.

　한마디로 시간이 지나 어둠의 마나를 자유자재로 쓸 수 있
게 된다 해도 정화시키는 것은 불가능하다.

　'마녀의 신세라…….'

　에스가 씁쓸한 얼굴로 그렇게 얘기했었다.

　악마와 계약한 마녀들은 어둠의 마나를 사용하게 된다. 그
로 인해 빛의 마나인 신성력과는 최악의 상성이고, 신성력으
로 인한 치유도 받을 수 없었다.

　물론, 시드의 경우는 일반적인 마녀들과는 달랐다.

　시드는 어둠의 마나와 자연의 마나를 함께 갖추고 있으니
아주 특별한 경우였다.

　그럼에도 어둠의 마나가 존재하기에 마녀들만큼은 아니지

만 앞으로 신성력과 성스러운 물건에는 제한을 받게 됐다.

에스 역시 그 부분을 가슴 아파했다.

'실보다 득이 더 많다.'

시드는 에스에게 괜찮다고 얘기했다. 그 마음은 에스를 위로하기 위해서가 아닌 진심이었다.

어떻게 보면 또 다른 약점이 될 수도 있겠지만, 그 대신 목숨을 구했으며 악마의 힘까지 얻을 수 있게 됐다.

'이제 변화를 확인해 볼까.'

시드가 자리에서 일어서며 검을 들었다.

그런 시드의 전신에서 자연과 어둠의 마나가 함께 이글거리기 시작했다.

*   *   *

"쿨럭쿨럭!"

현왕의 기침이 더욱 거세졌다. 그 기침 속에서는 피가 안 섞이는 날이 없었고, 이제는 일어설 기력도 없는 듯했다.

"폐하……."

현왕을 언제나 곁에서 보살피는 시종장이 걱정스런 눈길로 그를 쳐다봤다.

그러자 현왕은 괜찮다는 듯 애써 웃으며 지금까지 미뤄왔던 얘기를 꺼냈다.

"이제… 더 이상 시간이 없겠지. 자네는 어찌 생각하는가?"

현왕의 질문에 시종장은 아무런 대답을 하지 않은 채 고개를 숙이고 있었다.

현왕이 얘기를 꺼낸 것은 다름 아닌 대를 이을 새로운 왕에 대해서였다.

아무리 왕을 보필하는 시종장이라 할지라도 감히 뜻을 내비칠 수 있는 문제가 아니었다.

"이토록 미뤄왔던 것은… 줄 인재가 없기 때문이지."

다른 이들이 들었다면 충격에 빠질 만한 발언이지만 시종장의 표정은 변화가 없었다. 속내를 이미 짐작하고 있었던 것이다.

"그놈들은 그릇이 작은데 너무 욕심이 많아……. 그녀들도 마찬가지고."

현왕은 씁쓸한 어투로 중얼거렸다.

한때는 사랑했던 여자들이었다. 왕비란 자리가 그 증거였다.

한데 순수하고 맑던 그녀들이 시간이 지날수록 권력에 물들며 변하기 시작했다.

그러다 자신이 병에 걸리게 되자 서로 권력 싸움까지 하며 입지를 굳히기에 바빴다.

자신을 간병을 한다 할지라도 진심이 아닌, 자신의 아들을 왕이 되게 하기 위한 눈도장일 뿐이었다.

"나는 그에게 기회를 주고 싶네……."

"그라면… 바에튼 장로 말씀이십니까?"

“그렇다네.”

시종장은 어두워진 얼굴로 침묵을 지켰다.

장로에게 왕이 될 기회를 준다는 것은 놀라운 일이 아니었다.

과거에도 왕족이 아님에도 불구하고 왕이 된 이들이 있었으며, 현왕의 성격상 충분히 있을 수 있는 일이었다.

하지만 문제는 다른 장로들과 왕비들이었다.

물론 대놓고 반대하지는 않겠지만, 분명 바에튼에게 위험한 결정이 될 터였다.

또한 설령 바에튼이 왕이 된다 할지라도 그들 모두가 등을 돌린다면 허수아비나 다름없거나, 힘에 의해 왕의 자리를 빼앗길 수도 있었다.

“걱정되는가……?”

“그러하옵니다, 폐하.”

시종장은 이번만큼은 속내를 감추지 않았다.

며칠 전 바에튼의 저택이 정체를 알 수 없는 적들한테 기습을 당했다.

그로 인해 바에튼과 손녀딸인 시란을 제외한 저택에 있던 모든 이들이 죽임을 당했다.

물증은 없지만 심증 가는 인물들은 있었다. 바로 왕비와 장로들이었다.

“자네가 무엇을 걱정하는지를 잘 아네. 다만 그들이 원하는 대로 죽어줄 마음은 없다네……. 바에튼 그는 욕심이 없어. 자신보다 왕국을, 초인족들을 먼저 생각하지. 그가 왕이 된다면 어떤 마르트가 될지 보고 싶지 않은가?”

시종장은 살며시 미소를 지었다.

그 역시 바에튼의 성품을 높이 평가하는 편이었다.

단, 너무 욕심이 없다는 게 문제이기는 하지만 현왕의 말처럼 힘이 아닌 평화를 추구하는 마르트도 죽기 전에 보고 싶기도 했다.

“나의 욕심일지도 모르지. 바에튼이 왕이 될 수 없을 확률도 높고 말이네. 된다 해도 위험에 빠질 수도 있겠지. 그러나 내가 살아 있을 때 희망이 될 수도 있는 그에게 기회를 주고 싶네……. 나의 뜻을 전해주게.”

“알겠습니다, 폐하!”

곧 현왕은 왕위 계승을 위한 조건을 시종장에게 얘기했다.

*　　　　*　　　　*

‘응?’

떠오르는 태양을 바라보며 마나 호흡을 하고 있던 시드가 살짝 눈을 떴다. 등 뒤에서 인기척이 느껴졌기 때문이다.

“어렵지 않냐?”

벨케가 시드의 곁에 앉으며 묻자 시드는 입가에 미소를 머금었다.

과거에 그리폰을 통해 이와 똑같은 경험이 있었다. 사람과 악마의 차이일 뿐 특별히 어려운 점은 없었다.

두 마나의 마찰도 존재하지 않았고 말이다.

"처음이 아니니까요."

"어느 정도나 걸릴 것 같지?"

시드가 머리를 긁적였다. 그 부분만큼은 아직 확신할 수 없었다.

과거의 경험으로 그 당시보다는 빠른 속도로 자신의 것으로 만들고 있었지만 어둠의 마나가 워낙 강대한 탓이다.

"대략 1, 2년 정도."

"마탈 급까지는?"

"한 달쯤이면 가능할 듯하네요."

대답하는 시드의 표정이 밝아졌다.

그토록 멀게만 느껴지던 마탈 급으로, 이제 한 달 정도면 다시 돌아갈 수 있었다.

"특별히 달라진 점은 없냐?"

"음. 안 그래도 새벽 내내 확인해 봤는데 상처 회복이 빨라진 점을 제외하고는 없어요. 15분의 제한도 마찬가지고요."

"네놈은 악마의 생명을 얻은 거지, 육체를 얻은 게 아니니까."

"그러게요."

시드는 동감하면서 한편으로 다행이라 생각했다.

그날도 생명력을 사용하게 됐는데, 다른 후유증이 생기지 않았다.

"1, 2년이라……. 크큭. 그때가 되면 나와 대등하게 검을 섞겠지?”

“으하하! 그러게 말입니다!”

대놓고 폭발하는 시드의 웃음! 그날만 떠올리면 도저히 즐거움을 감출 수가 없었다.

“너 격하게 기뻐한다?”

“당연하죠! 그동안 당한 걸 그때 모두… 컥!”

무심결에 본심을 얘기하던 시드는 자신의 말실수를 느끼며 다급히 입을 다물었다. 하지만 한발 늦은 대처였다.

“호오, 그때 뭐?”

벨케의 전신에서 살기가 피어올랐다. 협박용이 아닌 진심이 가득 담겨 있는!

“하, 하하. 그때 모든 걸 배우고 싶다고요!”

“아하, 그래? 그러면 지금부터 자세히 가르쳐 주지!”

“……”

정성껏 두드려 맞는 시드였다.

시드의 무사함을 확인하자 침묵이 지배하던 섬이 떠들썩해졌다.

그리고 에스의 제안으로 하루 동안 축제를 열기로 결정됐고, 하나같이 즐거운 시간을 보내고 있었다.

“정말 다행이다.”

“그래. 얼마나 걱정한 줄 알아? 이 엉덩이를 못 만지는 줄 알고……. 아흥!”

"엉덩이를 걱정하셨군요……."

벨트라의 따스한 진심을 느낄 틈도 없이 엉덩이를 덮치는 스피네의 손길로 인해 시드는 실소를 터뜨렸다.

평소 같았으면 살벌한 눈빛을 날렸을 메리아도 오늘은 이해를 해주겠다는 듯 애써 못 본 척했다.

"히유, 히유."

"그래. 걱정시켜서 미안하다."

샤인이 곁에 다가와 머리를 비비자 시드는 온화하게 웃으며 그녀의 머리카락을 쓰다듬어 줬다.

"배커스 아저씨와 아프님은 여전히 보기 좋으시네요."

시드의 짓궂은 얘기에 찰싹 달라붙어 있던 둘은 살짝 떨어져 앉았다. 그래도 다른 이들이 봤을 때는 너무 붙어 있는 수준이었지만.

"괜찮은 거지?"

배커스가 큰 손으로 머리를 긁적이며 묻자 시드는 힘차게 고개를 끄덕였다.

지금도 변함없이 과묵한 그지만 아프를 만난 이후에는 분위기가 부드러워진 것 같았다.

"그리고 트라이 아저씨도… 적당히 하죠?"

무언가를 발견한 시드가 웃음 속에 살기를 담자 뜨끔한 트라이는 다급히 메리아의 어깨에서 손을 뗐다.

며칠 진지해져서 메리아에게 다가가지도 못했던 그였지만, 시드가 무사하자 언제 그랬냐는 듯 다시 메리아에게 열심히 치근덕대기 시작한 것이다.

"메리아, 이리 와."

샤인의 옆에 앉아 있던 메리아는 시드가 손짓으로 부르자 활짝 웃으며 후다닥 달려왔다.

사실 시드의 양옆에 에스와 샤인이 앉아 있어서 어쩌지 못하고 있던 상황이었다.

"그런데 아이니는 뭐 하지?"

벨트라가 문득 자리에 없는 그녀를 떠올리며 중얼거리자 시드는 조금 전의 상황을 떠올렸다.

과묵하기로 따지자면 배커스보다 한 수 위에 차가움까지 겸비한 그녀.

그녀가 말없이 다가오더니 바구니 하나를 내밀고 갔다. 그 바구니에는 쿠키가 담겨 있었으며, 메모도 존재했는데 그녀의 진심이 적혀 있었다.

다행이라고…….

고마움에 아무런 생각 없이 쿠키를 집어 입에 넣었다가 살아난 것을 잠시 후회하기도 했다.

"아마 요리를 하고 있지 않을까요?"

"그래. 분명 정성을 다해 만들고 있을 거야. 사람들을 학살하기 위해서!"

시드가 추측하자 트라이가 확신하며 주먹을 불끈 쥐었다. 그때 그의 등 뒤에서 들리는 목소리.

"누가 누구를 학살한다고?"

“…….”

온몸이 경직된 트라이가 힘겹게 천천히 몸을 돌렸다.

그곳에는 새로운 요리를 만들어온 아이니가 무표정으로 내려다보며 정령들을 소환하고 있었다.

“사, 살려줘!”

“잡히면 죽는다.”

다급히 도망치는 트라이와 여전히 표정 변화를 일으키지 않으며 따라가는 아이니.

그 모습에 모두가 한바탕 웃음을 터뜨릴 때, 반가운 얼굴들이 다가왔다.

“시드!”

“시드님!!”

라인과 시란이 시드를 발견하자마자 기쁜 얼굴로 달려왔다.

메리아는 시란에게서 살짝 경계심을 가졌지만 새벽에 있었던 기분 좋은 일을 떠올리며 오늘은 다 이해하자고 너그럽게 마음먹었다.

‘정말 난 예쁜 것도 모자라 착하기까지…….’

자뻑까지 점점 시드를 닮아가는 메리아!

“괜찮으세요?”

“네. 이제는 아무렇지도 않아요.”

시드가 밝게 대답하자 시란은 그제야 안심한 듯 눈가가 젖기 시작했다.

“어… 시란 씨?”

“얼마나 걱정했는데요.”

“미안해요.”

당황한 시드의 품에 안기며 속삭이는 시란으로 인해 시드는 멋쩍은 얼굴로 머리카락을 긁적였다.

동시에 메리아의 손이 자신의 손을 힘주어 잡는 것을 느낄 수 있었다.

“쳇, 꼬리가 이제 편해지나 했더니.”

시란을 다독이고 있을 때 우드의 투정 소리가 들렸다.

우드는 라인, 스로우와 함께 바에튼과 시란을 경호하기 위해 같이 왕궁에 다녀오는 길이었다.

만약을 대비해 바에튼은 가능한 섬을 벗어나지 않는 것이 좋았지만 현왕의 중요한 얘기가 있어 어쩔 수 없었다.

“너 내 걱정 많이 했다고 들었는데?”

“누, 누가!”

시드가 실실 웃으며 약 올리자 우드의 얼굴이 붉어졌다.

“걱정 안 했어?”

“당연하지! 내가 너를 왜 걱정하냐!”

우드는 많은 사람들 앞에서 본심을 들키자 더욱 완강히 부정했다. 하나 그것조차 시드의 예상 범위 안에 들어 있었으니…….

“호오, 그으래?”

“으응……?”

시드의 말꼬리가 늘어지자 우드는 왠지 모를 불안감에 멸었다.

그러고 보니 잠시 잊고 있었다. 벨케만큼 단순 무식한 존재가 시드란 사실을!

"걱정도 안 했다라……. 그러고 보니 오늘 몸을 못 풀었군."

우드득, 우드득!

들으라는 듯 주먹을 풀며 자리에서 일어서는 시드. 그러자 우드는 빛의 속도로 외쳤다.

"걱정돼서 죽는 줄 알았습니다!"

"한데 왜 그렇게 인상을 팍 쓰고 말하냐?"

"내 마지막 자존심이거든!"

"으하하! 그래그래."

"에엥?"

분명 한 대 맞으리라 확신하고 대비하고 있던 우드는 웃으며 넘어가는 시드로 인해 당황스러움을 금치 못했다.

죽다 살아나더니 드디어 정신이 돌아버린 건가!

'정인가.'

시드는 돌아서며 입가에 미소를 머금었다.

우드는 분명 자신의 협박으로 인해 같이 따라다니며 꼬리를 떼어주고 있었다.

그렇기에 자신이 죽으면 우드로선 반길 일이었다. 처음 만났을 때의 그 우드라면 말이다.

그 변화가 고맙게 느껴져 때리고 싶지 않았다.

문제는 언제까지 그리 느낄지 모른다는 것이지만…….

“죄송해요.”

바에튼과 단둘이 해변가에 앉은 시드가 바다로 시선을 던지며 얘기했다.

“뭐가 말이냐?”

“그 누구도 구하지 못했어요.”

시드는 그 점이 계속 마음에 남아 있었다.

바에튼과 오랜 시간을 함께한 시종장조차 그날 죽음을 피하지 못했다.

분명 바에튼이 겪고 있는 고통은 자신의 상상 이상일 것이다.

“자네의 잘못이 아니라네. 모든 게 나로 인해 비롯된 것이지. 오히려 내가 미안하네. 나로 인해 위험을 겪고…….”

“아닙니다.”

시드는 고개를 저으며 바에튼을 바라봤다.

그날 이후로 잠도 자지 않은 채 유족들을 일일이 찾아가 사과와 위로를 건네고, 죽은 신하들의 묘를 만들었다고 했다.

그래서인지 얼굴이 많이 수척해져 있었다.

“왕궁에는 무슨 일로 다녀오셨어요?”

슬픔을 가슴에 묻은 바에튼에게 같은 얘기를 반복하는 건 실례라 판단한 시드가 분위기 전환을 위해 다른 얘기를 꺼냈다.

그러자 바에튼의 얼굴이 심각해졌다.

“그게 말이네. 허헐.”

바에튼은 헛웃음을 한 번 흘렸다가 왕궁에서 있었던 일들을 얘기했다.

"정말인가요?"

"그분의 뜻이 무엇인지를 모르겠네."

시드는 잠시 턱을 매만지며 생각에 잠겼다.

현왕이 드디어 왕위 계승에 대한 뜻을 밝혔다. 한데 모두의 예상처럼 결정이 아닌 조건을 내걸었다.

다름 아닌 초인의 증표를 얻어오는 것.

더군다나 왕족은 물론 장로들 역시 왕위 계승에 참여할 수 있다는 파격적인 제안이었다.

"어쩌면… 바에튼님을 위해서일지도 모릅니다."

"나를?"

"다른 장로들은 이미 두 왕자파에 속합니다. 그렇기에 그들을 위해서라면 굳이 장로들도 참여하도록 할 필요가 없죠. 한데 바에튼님은 다릅니다. 어디에도 속해 있지 않으시죠. 두 파벌 중 누가 왕이 되든 위험해지는 처지이고요. 즉, 바에튼님을 위한 결정이지요."

꽃에 대한 보답일 수도 있고, 바에튼의 성품을 높이 평가하는 것일 수도 있다. 아니면 둘 다일지도 모르고 말이다.

그 무엇이든 바에튼에게 있어서는 좋은 기회였다.

"그렇다 할지라도… 나는 그럴 마음이 없다네. 단지 시란과 평온하게 살고 싶을 뿐이야. 다시는 그런 일을 겪고 싶지 않아."

"하지만……."

시드는 무언가 얘기를 하려다 입을 다물었다.

어쩌면 바에튼의 선택이 옳은 것인지도 몰랐다.

권력이든, 무엇이든 다 버린다면 이토록 괴로운 일도 없을 테고, 그는 워낙 욕심도 없는 사람이니 말이다.

"그런데 말입니다."

시드가 자리에서 일어나 돌아서며 그를 등진 채 얘기했다.

"제가 마르트 인이었다면… 보고 싶지 않을 것 같습니다. 이익을 위해서라면 타인을 얼마든지 해칠 수 있는 그들이 왕이 되는 모습을."

바에튼의 어깨가 움찔거렸다.

"그리고 보고 싶을 것 같습니다, 욕심없이 평화를 원하는 왕을. 아마… 현왕도 그걸 바라지 않았을까요? 어쩌면 현왕의 이번 결정은 기회를 주는 것이 아닌 부탁일지도 모른다는 생각이 듭니다. 마르트 왕국을 위해서."

그 말과 함께 시드는 자리를 떠났다. 자신이 더 이상 간섭할 수 없는 일이었다.

그의 삶을 결정할 수 있는 것은 그밖에 없기에.

CHAPTER 04
초인의 증표

"욕심이 나기 시작했네. 마르트 왕국의 모두를 위해서……."

그날 저녁 벨케가 불러 회의실을 찾은 시드한테 바에튼이 얘기했다.

"꼭 왕이 되시기를 바랍니다."

시드는 진심을 담아 얘기했다. 바에튼이라면 한 나라를 훌륭하게 이끌어 나갈 것이다.

"그래서 네가 도와줘야겠다."

그때 벨케가 나서서 말을 거들었다. 시드는 힘차게 고개를 끄덕였다.

"제가 할 수 있는 일이라면 뭐든지 도울게요."

“호오, 그렇지?”

“……”

왠지 모를 불안감 작렬!

능글맞게 웃는 벨케의 눈이 불안을 더욱 증가시켰다.

“무, 무슨 일인지……”

“초인의 증표를 얻기 위해서는 각파에서 한 명씩 나서야 한다. 바에튼 본인이든 혹은 그를 대신할 사람이든 말이지. 그러니… 네가 나갔으면 한다.”

“제가요?”

시드는 잠시 갈등했다.

자신이 고생하는 게 싫은 것이 아니다. 다만 확실하게 왕이 되기 위해서라면 벨케가 나서는 게 낫지 않을까 하는 판단에서였다.

“그래. 불만있냐?”

“저보다는 벨케님이 좋지 않을까요? 왕의 자리가 걸린 일이니.”

“나는 참여하고 싶지 않다.”

“왜죠?”

시드는 쉽사리 납득이 되지 않았다.

바에튼이 왕이 될 수 있는 기회를 잡았다. 평소의 벨케라면 적극적으로 나섰을 것이다. 그 역시 바에튼이 왕이 되기를 바랐으니까.

“나는 이미 증표를 얻었기 때문이다.”

“그게 정말입니까?”

“허허. 그렇다네. 과거 벨케가 도전할 기회가 생겼었고 성공했었지.”

“그렇다면 더욱 벨케님이…….”

한 번 성공했으니 두 번째는 더욱 쉬울 것이다.

하지만 벨케는 시드의 말이 채 끝나기도 전에 강력하게 거절했다.

그뿐 아니라 그때를 회상하는지 얼굴이 고통스럽게 일그러졌다.

“그 망할 영감을 다신 만날 바에는 왕의 자리 따위 그놈들에게 줘버리고 말지.”

아주 끔찍한 일을 겪은 듯한 말투!

“네가 그 영감을 알아?”

이제는 시드에게 화까지 낸다.

“아직도 그때만 생각하면 치가 떨리는군. 그러니 네가 가야 한다.”

“즉… 죽을 만큼 괴롭고 치가 떨리는 곳이라 제가 가서 고생하라는 것이군요.”

“알면 됐다!”

당당하다 못해 대놓고 뻔뻔한 벨케!

시드는 이제 화조차 나지 않아 체념한 얼굴로 한숨을 길게 내쉬었다.

저런 사람이라는 것을 하루 이틀 겪는 게 아니었으니.

“괜찮겠나?”

바에튼이 걱정과 미안함을 담아 얘기했다.

초인의 증표를 얻는 일은 대단히 어렵다고 알려져 있었다.

실제로 성공한 이들은 단 세 명밖에 존재하지 않으며, 그 독하다는 벨케조차 치를 떠는 곳이었다.

그런 곳에 이제 겨우 회복한 시드를 보내려니 마음에 부담을 느꼈다.

“저 역시 바에튼님이 왕이 되시기를 바라는 이들 중 한 명이니까요. 도움이 될 수 있다면 기꺼이 나서고 싶습니다.”

마음 같아서는… 안 간다면 벨케가 두들겨 패서라도 보내겠지! 라며 따지고 싶었으나, 오래 살고 싶은 시드였기에 꾹 눌러 참았다.

“고맙네.”

“얘기가 끝났으면 바로 출발하지.”

“네? 지금요?”

벨케가 자리에서 일어나며 얘기하자 시드는 당황하며 되물었다.

이렇게 갑자기 출발하게 되리라고는 예측하지 못했다.

“왜? 문제있나?”

“하지만 메리아에게 얘기도 해야 하고…….”

벨케는 고개를 저었다.

“오래 걸리지 않는다. 잠깐이면 끝날 일이지. 더불어 쉴 시간도 없이 너에게 임무를 맡긴 사실을 알면 메리아나 샤인에게 미움받잖아."

'그러면 시키질 말던가!'

시드는 쓴웃음을 흘리며 수긍했다.

잠깐이라면 아무 얘기를 하지 않고 가도 문제없을 듯했다.
자신 역시 모두를 또 걱정시키고 싶지 않았다.

"정말 그렇게 빨리 끝나나요?"

"이곳의 시간으로는."

"네?"

의미를 알 수 없는 말과 함께 벨케가 사악한 미소를 흘렸고,
시드는 왠지 모를 찝찝함을 느꼈지만 결정된 일이기에 어쩔
수 없이 벨케, 바에튼과 함께 이동했다.

"이곳인가요."

시드가 도착한 곳은 왕궁 뒤편에 위치한 거대한 동굴이었
다.

한낮에 와도 찾을 수 없을 정도로 교묘하게 가려져 있던 동
굴 입구에 선 시드가 묻자 벨케가 그리움에 젖은 눈빛으로 대
답을 대신했다.

"들어가면 기다리고 있을 것이다."

"지금 바로 들어가나요?"

"안 그러면?"

벨케의 되물음에 오히려 어이없는 것은 시드였다.

벨케는 분명 증표를 얻은 적이 있었으니 무엇이 기다리고

있는지 잘 알 것이었고, 당연히 알려주리라 믿었다.

"초인의 증표를 얻기 위한 과정이 알고 싶겠지?"

벨케가 진지한 얼굴에 옅은 미소를 띠며 얘기했다. 시드는 기대를 가득 품은 채 그의 말을 기다렸다.

앞선 정보는 분명 큰 도움이 될 터였다.

"그곳에 들어가면……."

"들어가면요?"

"망할 영감이 있다! 끝!"

'그건 이미 알고 있잖아!'

시드는 무언가를 더 바라는 듯한 눈길을 팍팍 보냈지만, 벨케는 더 이상 아무것도 알려주지 않았다.

"굳이 알려줄 이유가 없다. 너를 믿으니까 말이다."

벨케가 저토록 진지하게 나온다면 졸라봤자 원하는 대답을 얻기 힘드리란 사실을 잘 아는 시드는 어쩔 수 없다는 듯 고개를 끄덕였다.

"알겠습니다. 다녀올게요."

그 말과 함께 입구를 향해 돌아선 시드는 발걸음을 옮겼다.

무엇이 기다릴지는 알 수 없었지만 벨케가 저토록 믿어주는데 몸으로 부딪쳐 이겨내리라 다짐하면서 말이다.

'드디어 갔군…….'

그 뒷모습을 바라보는 벨케의 입가에 점점 진한 미소가 지어졌다.

시드에게 더 이상 알려주지 않은 이유는 단 하나였다.

알고 맞을 때보다 모르고 맞을 때가 더 아프다!

'크큭. 쉽지 않을 것이다.'

믿음이란 가식으로 치장된 사악한 속내였다.

"이 돌을 만지시면 됩니다."

시드가 겪을 앞으로의 고생을 떠올리며 벨케가 흐뭇해하고 있을 때, 시드는 현왕의 시종장과 마주하고 있었다.

이미 다른 장로들과 왕자들의 대리인은 초인의 증표를 얻기 위한 시험을 받고 있다는 사실을 전하며 새하얀 돌을 건넸다.

"그곳은 고대의 폐하와 그분의 친우였던 레드 드래곤 아르카스님이 만들어낸 세계. 그곳과 이곳은 시간의 흐름이 다르다는 것과 세계가 하나가 아니란 사실을 기억하시기를……."

시드가 돌에 손을 갖다 댈 때 시종장이 얘기를 덧붙였고, 곧 시드의 전신은 눈부신 빛에 휩싸이며 동굴 안에서 모습이 사라졌다.

고요함이었다. 마치 따듯한 물속에 있는 느낌이라고나 할까.

그 시간은 잠시 멈춰 있는 듯했고, 시드는 시종장의 말을 되새겼다.

시간의 흐름이 다르다는 것은 분명 그곳 세계에서는 오랜 시간이 지나도, 원래의 세계에서는 아주 짧은 시간이 흐른다는 뜻일 테다.

벨케 역시 이곳 시간에서는이란 얘기를 했으니까.

세계가 하나가 아니란 말 역시 어렵지 않게 이해할 수 있었다.

전생에서 그런 얘기를 들은 적이 있었다. 1초 전, 1초 후에 내가 사는 세계가 있을 수도 있다고.

즉, 모두가 같은 곳에 떨어지고 같은 임무를 수행하지만 서로가 있는 곳은 다른 세계.

혹은, 고대의 초인족 왕과 드래곤이 만든 세계이니만큼 마법으로 같은 세계가 수없이 존재할 수도 있고 말이다.

사실 어떤 이유이든 상관없었다. 자신이 이해한 것이 맞다면 길만 다를 뿐 목적지는 같은 경우이니.

'드디어 가는 건가.'

여전히 몸은 움직일 수 없었지만 고요함이 흐트러지기 시작했다. 잔잔한 수면에 돌을 던져 파문이 번지는 것처럼 말이다.

그와 함께 눈앞에 빛의 원이 형성되더니 몸이 급속도로 빨려 들어갔다.

풍더엉!

"……"

어떤 세계가 펼쳐질지 잔뜩 기대했는데 하필이면 호수로 떨어지다니.

시드는 쓴웃음을 흘리며 호수 위로 솟구쳐 올라와 흠뻑 젖은 옷을 마나로 말린 다음 주위를 둘러봤다.

관광 명소에 온 듯한 아름다운 곳이었다. 맑은 호수와 감싸 안고 있는 형태의 숲은 잔잔함을 전해줬다.

‘이제 어떻게 해야 하지······.’

벨케도, 시종장도 언급을 하지 않아 오게 되면 자연스레 알 수 있을 줄 알았는데······. 막막함이 밀려왔다.

하나 곧 누군가를 발견하며 표정이 환해졌다.

단단한 체격의 초인족 노인이 맞은편 호숫가에 앉아서 낚시를 하고 있었다.

시드는 그를 향해 달려갔다.

이곳은 초인의 증표를 얻기 위한 세계. 그러니 대리자를 제외한 외부인이 들어올 수는 없을 테고 증표와 관련있는 존재란 뜻이었다.

"영감님, 영감님!"

메스토의 스텝을 발휘해 빠른 속도로 노인에게 다가간 시드는 환하게 웃으며 소리쳤다.

그러자 보답이라도 하듯 노인 역시 인자한 웃음으로 시드를 쳐다보더니··· 있는 힘껏 후려쳤다.

퍼억! 와당탕!

‘이, 미친 영감이!’

시드는 아려오는 한쪽 볼을 부여잡으며 기가 찬 얼굴로 노인을 노려봤다.

아무리 생각해도 자신이 맞아야 될 이유가 없었다.

방금 이곳 세계에 떨어졌고, 그를 부르며 달려간 일밖에 하지 않았으니까!

또한 힘이 장난 아니었다. 벨케한테 개 맞듯이 두들겨 맞은 것보다 단 일격이 더 아프고 통증이 오래갔다.

"도대체 왜 그러십니까!"

"네놈 때문이다."

"네?"

이유라도 알고 싶은 시드에게 음산하게 가라앉은 목소리로 말문을 연 노인.

"감히, 감히……."

시드는 침을 꿀꺽 삼키며 주춤거렸다.

노인에게서 풍겨지는 살기가 예상을 훨씬 뛰어넘었기 때문이다.

모르는 사이에 자신이 아주 큰 잘못을 저지른 게 아닐까 하고 걱정이 들 정도.

하나 곧 이어진 노인의 말은 시드의 신형을 휘청거리게 만들었다.

"나의 낚시를 방해하다니!"

"……."

시드는 멍한 눈길로 그를 쳐다봤다.

자신이 떨어진 곳은 그와 맞은편이었다. 호수의 크기를 봤을 때 절대 방해가 될 일이 없었다!

아니, 그 사실을 떠나 자신이 원해서 떨어진 것도 아니지 않은가!

"도대체 제가 언제……."

"100m가 넘는 진귀하고 평생에 한 번 보기 힘든 물고기가 미끼를 물었는데 네놈이 떨어지는 순간 달아났다!"

'저런 뻔뻔한……'

표정 하나 안 바꾸고 대놓고 거짓말을 하는 노인!

"정말 그런 물고기가 존재합니까……."

"나야 모르지!"

'방금 미끼를 물었다며!'

시드는 오랜만에 고혈압이 도지는 것을 느끼며 이마를 부여 잡았다.

뭐 저런 노인이 다 있단 말인가!

'잠깐……'

그때 벨케가 흥분해서 하던 얘기가 머릿속으로 스쳐 지나갔 다.

'설마, 그 노인이 눈앞의 이 노인?

시드의 얼굴이 경직됐다. 분명 동일 인물이 맞는 것 같았다.

즉, 벨케가 치를 떨 정도의 사악한 노인에게 꼬투리를 잡히 고 말았다!

"네놈, 초인의 증표를 얻기 위해 왔지?"

끄덕끄덕.

시드는 역시 맞다고 확신하며 조심스럽게 고갯짓으로 대답 했다.

"후후. 그으래? 네가 보기에는 내가 어떤 사람인 것 같 냐?"

“아주 인자하시고 너그러우신 분 같습니다!”

되도 않는 헛소리 작렬!

하나 초인의 증표를 얻기 위해서라면 어떤 아부도 할 수 있었다.

“잘 아는구나, 하하하!”

“그럼요! 으하하!”

노인은 기분이 좋은 듯 이를 드러내며 흐뭇한 얼굴을 했다. 그러나 언제 그랬냐는 듯 웃는 시드를 쳐다보며 정색했다.

“인자하고 너그러운 나이기에, 나의 낚시를 방해한 놈에게 증표를 줄 순 없지! 암!”

벨케가 왜 치를 떨었는지 격하게 이해되는 시드였다.

풍더엉!

시드는 호수 속으로 몸을 날렸다.

그 물고기를 찾기 전까지는 절대 증표를 줄 수 없다는 노인의 고집 때문이었다.

결국 있는지도 모르는 물고기를 찾기 위해 이를 바득바득 갈며 호수 속을 뒤지기 시작했다.

‘도대체 어디에 있냐고!

호수 속은 생각보다 깊었고, 여러 종류의 물고기들이 자신의 자태를 뽐내며 헤엄치고 있었다.

하지만 노인이 말한 100m짜리 물고기는 흔적도 찾아볼 수 없었다.

촤아악!

"말씀하신 물고기는 없는 것 같던데요?"

"잘 찾지 않았겠지."

'이 영감이…….'

시드는 이마에 핏줄이 솟았지만 애써 웃으며 그의 비위를 맞췄다.

정말 더럽고 아니꼽지만 초인의 증표를 얻어야 하니까.

"다른 물고기라면 얼마든지 잡아오겠습니다!"

"다른 물고기는 필요없어!"

"그렇지만 없는데요?"

"즉, 네놈의 말은 내 눈이 늙어 썩었기에 잘못 봤다 이거군? 죽을 때가 다 됐으니까?"

'네. 그래요. 그런가 보죠.'

시드는 서글픈 눈길로 하늘을 한 번 쳐다봤다.

왜 자신은 자꾸 이따위 성격의 존재들을 만나는 것인지…….

무언의 원망을 하늘에게 털어놓은 시드는 재차 호수 속으로 몸을 감췄고, 시간이 흘러 어느덧 저녁이 찾아왔다.

"하아, 하아."

시드는 지친 육체를 이끌고 호숫가로 올라왔다.

노인의 비위를 맞추기 위해 지금까지 찾아 헤맸으나 도저히 참기 힘든 지경이었다.

"정.말. 없.습.니.다!"

시드의 감정이 다분히 담긴 발언!

노인은 하늘에 떠 있는 달을 한 번 쳐다보더니 시드 몰래 웃음을 흘렸다.

이제 오늘은 그만 골려도 될 것 같았다. 오늘은 말이다.

"진짜 없다고?"

"네. 호수의 지면까지 뒤졌습니다!"

"그래? 그러면 잘못 봤나 보지. 하하!"

시드의 눈가가 꿈틀꿈틀 경련을 일으켰다.

초인의 증표로 협박하며 하루 종일 찾게 만들더니, 이제 와서 잘못 봤다고 하면 다란 말인가!

"허헐. 그 눈빛은 뭔가? 마치 때려죽이고 싶은 기세로군? 초인의 증표가 필요없다면 계속 꼬라보던가."

'아악! 이 영감탱이!'

실실 웃으며 골리는 노인으로 인해 시드는 이성이 끊어지기 직전이었지만 애써 사랑스럽고 환하게 웃으며 노인을 쳐다봤다.

더러워도 참아야 했다. 적어도 초인의 증표를 얻기 전까지는!

그러자 노인이 아무런 사심 없는 듯한 얼굴로 얘기했다.

"웃으면 재수없는 얼굴이구나. 그냥 꼬라봐라."

"……"

차라리 벨케가 그리운 시드였다.

다음날 아침, 시드는 호수에 모습을 드러냈다.

노인이 아침으로 물고기가 먹고 싶다며 잡아오라고 했기 때문이었다.

'도대체 초인의 증표는 언제 얻을 수 있는 거지?'

호수를 바라보며 시드는 한숨을 내쉬었다.

얘기를 꺼내면 은근슬쩍 넘어가기만 하고 제대로 답변하지를 않았다.

그렇다고 협박을 할 수 있는 입장도 아니었으며, 초인의 증표를 얻기 위해서라도 노인의 곁에 붙어 있어야 했다.

한데 태도를 보니 하루 이틀 만에 줄 것 같지도 않았다.

첨벙! 파닥파닥!

일단은 시키는 대로 따르자는 판단을 하며 호수 안으로 뛰어들어 간 시드는 싱싱한 물고기 여럿 마리를 잡았다.

크기도 꽤 있는지라 둘이서 먹기에는 충분한 양이라고 판단한 시드는 호수 근처에 자리하고 있는 노인의 나무로 만들어진 집으로 향했다.

"갑자기 입맛이 변했다. 숲에 가서 멧돼지를 잡아와라."

'야이 씨…….'

시드의 고혈압이 도지기 시작했지만, 힘겹게 드러내지 않은 채 메스토의 스텝을 발휘해 숲으로 향했다.

'괴팍한 성격 혹은 시험.'

분명 일부러 괴롭히는 것이었다.

한데 그 목적이 무엇인지 알 수 없었다. 정말 성격이 저럴 수도 있었고 얼마나 참을성이 좋은지 확인하는 것일 수도 있었다.

‘멧돼지가 어디에 있어?’

숲을 한 바퀴를 다 돌았음에도 멧돼지는 보이지 않았다.

혹시나 하는 심정에 재차 한 바퀴를 더 돌며 구석구석 뒤져도 멧돼지는 보이지 않았다.

‘설마, 이 영감이 또!’

그 순간 머릿속으로 스쳐 지나가는 100m 물고기!

시드는 당했다는 확신과 함께 육질이 부드럽다고 알려진 붉은 사슴을 몇 마리 잡은 채 내려갔다.

“멧돼지는 어쩌고 사슴이냐?”

노인이 의아한 듯 시드를 보며 되물었다. 그 표정이 워낙 진지해 시드는 자신이 오해한 건가 생각할 정도였다.

“멧돼지가 아무리 찾아도 안 보이던데요?”

“그래? 하긴 멧돼지는 한 번도 본 적이 없네!”

“으, 으하하! 그러시구나……?”

시드는 삐져나오려는 살기를 애써 억눌렀다.

“그런데 말이야, 나 사슴은 안 먹는데?”

‘그러시겠죠.’

시드는 체념과 함께 사슴들을 마법 주머니에 넣었다.

붉은 사슴은 가격이 꽤 나가는 편이기에 이 세계를 벗어나면 팔기 위해서다.

언제, 어디서, 어떤 상황이든 부업을 잊지 않는 금전주의 정신!

곧 시드는 재차 산으로 달려가 노인이 말한 짐승들을 잡아

왔고, 결국 그날 아침은 노인의 변덕으로 인해 물고기로 배를
채웠다.

"그러면 실력을 어디 한번 볼까?"

아침을 먹고 여러 가지 집안일을 모두 다 마칠 때쯤 노인이
시드를 불러내 말했다. 시드는 무슨 의미냐는 듯 그를 쳐다봤
다.

"설마 초인의 증표를 집안일 하고 얻을 생각은 아니겠지?
네놈이 그걸 가질 자격이 있는지 보자는 거다. 이 몸이 친히
상대해 주마."

"그으래요~?"

시드의 어투가 늘어졌다. 대련이다, 대련! 대련 중에는 상대
를 두들겨 팰 수도 있었다!

물론, 노인이 자신보다 강하리라고 확신했지만, 적어도 한
대는 마음껏 후려칠 수 있을 것 같았다.

"자, 네가 가진 힘을 보여봐라."

노인이 새하얀 턱수염을 매만지며 말하자 시드는 사양하지
않고 마나를 최대치로 끌어올렸다.

'오호라?'

노인의 눈빛이 예사롭지 않게 변했다.

이곳을 찾아왔다는 것 자체가 평범한 놈은 아니란 뜻이었지
만, 이 정도일 줄은 파악 못했었다.

"네놈 나이가 몇이냐?"

"15살입니다."

"에에?"

노인은 놀람을 금치 못했다.

나이를 물어본 것은 혹시 대단히 어려 보이는 게 아닐까 생각해서였다.

20대 초반이라도 이 정도 경지까지 오른다는 것은 쉽지 않으니. 더군다나 초인족도 아닌 인간이 아닌가.

한데, 오히려 예상한 나이보다 훨씬 어렸다.

"너… 노안이구나."

시드의 입꼬리가 꿈틀거렸다.

가장 듣기 싫어하는 말 중에 하나가 노안이지 않은가!

"거참, 고맙구려."

"하하! 노안한테 노안이라 하는데 노안이란 사실이 고마울 필요가 뭐 있겠느냐, 노안아!"

빠직!

시드는 들을 수 있었다, 자신의 이성이 끊어지는 소리를.

그와 함께 전신에서 더욱 강렬한 마나가 휘몰아쳤고, 은연중에 살기까지 풍겼다.

'노안이란 소리를 싫어하나 보군. 힘겹게 감추고 있던 솔직한 감정을 드러내다니. 그런데… 어떻게 자연과 어둠의 마나가 공존하는 거지?

노인의 얼굴에 생기가 돌았다. 이토록 특이한 놈을 만나게 될 줄은 미처 몰랐다.

드래곤들조차 두 가지 성질의 마나를 가지고 있진 못했다.

그런데 드래곤도 아닌 인간이 그것을 실현시키고 있었다.

'그뿐만이 아니다.'

새벽에 시드가 마나 호흡법을 할 때 마나의 흐름을 살펴봤었는데, 놀랍게도 전신에서 마나를 흡수하고 있었다.

알면 알수록 호기심을 증폭시키는 인간이었다.

"내가 먼저 간다."

노인의 얘기와 함께 시드는 고개를 끄덕이며 정신을 집중했다.

타아앗!

노인이 폭발적인 속도로 움직이는 순간, 마찰과 함께 돌이 허공으로 솟구쳤고, 그 돌이 채 바닥에 떨어지기 전이었다.

퍼어억! 콰아앙!

"커어억!"

복부에 묵직함을 느끼자마자 시드의 신형이 공중에 떠서 날아가다가 바닥에 부딪쳤다.

'이, 이런…….'

시드는 통증에 얼굴을 일그러뜨린 채 몸을 일으키려 했으나 쉽게 움직여지지 않았다.

단 한 방에 쓰러지기 직전의 상태!

'쉽지 않겠어.'

한 대는 칠 수 있으리라 믿었는데 그조차 어려울지 모른다는 생각이 들었다.

어제는 기습적으로 맞았지만, 오늘은 달랐다. 마나까지 끌어울린 상태였다.

"하드, 하아."

"호오? 맷집이 좋군."

"이제 제 차례입니다."

몇 초가 지난 뒤에 힘겹게 일어선 시드는 입에서 흐르는 피를 닦으며 메스토의 스텝을 발휘해 다급히 노인의 뒤를 파고들었다.

그리고 있는 힘껏 옆구리를 향해 주먹을 휘두르려는 찰나, 피하지 않던 노인이 중얼거렸다.

"초인의 증표."

움찔!

"난 나처럼 힘없는 노인을 괴롭히는 놈에게는 절대 증표를 주지 않지."

'누가 힘없는 노인인데!'

"뭐, 얻기 싫으면 때리겠지. 하하하!"

한마디로 자신에게 처맞기만 하라는 대놓고 하는 협박!

옆구리에 닿기 직전인 상태에서 멈춘 시드의 주먹이 부들거렸다.

때리고 싶다, 때리고 싶다, 때리고 싶다!

하나 끝내 이성이 감정을 누르며 주먹을 내렸고, 시드는 그날 느꼈다.

벨케란 뛰는 구타 위에 나는 구타가 있다는 사실을.

‘메리아가 보고 싶다.’

이곳에 온 지 어느덧 한 달이 되어가는 날의 저녁.

오늘 하루도 열심히 수련이란 핑계로 구타를 당한 시드는 눈물이 글썽거리는 눈동자로 달빛을 쳐다봤다.

언제나 자신의 편이 되어주던 메리아의 따스한 온정이 그리웠다.

‘도대체 언제 갈 수 있는 걸까…….’

시드는 밀려오는 서러움에 한참이나 달에서 시선을 떼지 못했다.

“쿨럭쿨럭!”

“영감님?”

노인의 집으로 들어간 시드는 입구에서부터 심상치 않은 기침 소리를 들으며 방문을 열었다.

그리고 볼 수 있었다. 방바닥이 온통 피투성이가 되어 있는 것을.

“왜, 왜 그러십니까?”

시드는 놀란 얼굴로 옷이 피에 젖든 말든 그의 곁에 앉아 다급히 몸을 부축했다.

몇 시간 전만 해도 건강하던 영감의 얼굴은 시퍼렇게 핏기가 없었으며, 입 안에서는 피가 멈추지 않았다.

‘그러고 보니…….’

근래에 들어 영감이 자주 휴식을 취하고는 했었다.

그의 실력은 벨케와 맞설 수 있을 정도라 판단됐는데, 그런

이가 쉽게 피로해할 일이 없었다.

그뿐 아니라 기침도 잦아졌고, 잠을 자는 시간도 늘어났다.

'왜 좀 더 일찍 알아차리지 못했지…….'

시드는 입술을 잘근 깨물며 노인에게 자신의 마나를 불어넣어 줬다.

계속 투덜대고 원망만 하다 보니, 힘겨워하기 시작한 그를 곱게 보지 않았던 것이다.

그런 자신이 너무나 한심하게 느껴졌다.

"뭘 그리 걱정하는 얼굴이냐. 내가 죽으면 너도 좋잖아."

"그런 말 하지 마세요!"

시드는 진심을 담아 소리쳤다.

그래. 죽으면 자신은 편해질 것이다. 더군다나 그를 좋아하지도 않았다. 얄밉고, 고통스럽기만 했으니까.

그렇지만 미운 정도 정이었으며, 더 이상 누군가가 죽는 모습을 보고 싶지 않았다.

"죽어도 죽으면 안 됩니다!"

"죽었는데 어떻게 안 죽냐?"

이 와중에도 말꼬리를 잡는 센스!

시드는 쓰게 웃으며 한 손으로는 마나를 보내줬고, 다른 한 손으로는 그의 피를 닦기 시작했다.

"초인의 증표에 대해 얘기하지."

한 달 동안 그토록 듣고 싶었던 얘기였지만 시드의 얼굴은 밝지 못했다.

마지막 유언 같은 느낌이 강하게 들었기에.

"초인의 증표는 오래전 왕이 만들어냈다. 자신의 자리를 이어받을 다음 왕을 정해야 하는데, 혈육에게서는 마음에 드는 놈이 없었던 탓이지. 결국 그는 단 한 번도 없었던 이례적인 결심을 하게 됐어."

노인의 호흡 소리가 거칠어졌다.

"왕족이 아닌 이들에게도 기회를 준 것이지. 그가 원한 왕은 모두를 이끌 수 있는 강함과 리더십, 성품을 가진 자였으니까. 그래서 당시 친우였던 드래곤과 함께 이 세계를 만들었지. 초인의 증표는 왕이 될 자를 선택하는 것이고."

시드는 고개를 끄덕였다. 더 묻고 싶은 게 많았다.

단지 왕의 자질을 갖춘 자를 찾는다면 이런 세계까지 창조할 이유는 없었다.

하나 말하는 것조차 힘들어하는 그에게 굳이 알지 않아도 될 궁금증을 질문할 수는 없었다.

"지금은 그 외에도 여러 이유가 생긴 듯하지만… 변함없는 사실은 초인의 증표를 얻은 이는 왕이 될 자질을 갖춘 자란 것이지."

"그렇군요."

"네놈은… 왜 그를 선택했지?"

한 달 동안 많은 얘기가 오갔다. 그로 인해 자신이 대리자로 왔다는 사실도 얘기했다.

사실 얘기하지 않아도 노인이 눈치챘을 것이라 확신했다.

자신은 초인족이 아니니까 말이다.

"그가 만들어 나가는 마르트 왕국을 보고 싶었거든요. 자신이 아닌 모두를 생각하는 그런 왕을요."

시드는 망설이지 않고 대답했다. 그러자 노인의 입가에 인자한 미소가 맺혔다.

한 달 만에 처음으로 보게 된 따스함이었다.

"그렇군, 모두를 생각하는 왕이라……. 네놈이 선택한 왕이라면 분명 왕의 자질이 있을 것이야. 이제 증표를 주겠다."

시드는 저도 모르게 주먹을 쥐었다. 드디어 그토록 바라던 증표를 얻을 수 있게 됐으며, 이 세계를 벗어나게 됐다.

하지만 곧 씁쓸하게 웃으며 고개를 저었다.

"영감님이 건강해지시면 그때 받겠습니다."

"무슨 말이지? 네놈은 하루라도 빨리 벗어나고 싶었을 텐데……."

"네, 맞습니다. 영감님이 좀 괴팍하고 사람을 괴롭혀야 말이죠. 그런데… 이곳은 시간의 흐름이 다르잖아요. 시간이 더 지나도 밖에서의 시간은 잠깐 지났을 테고, 아픈 영감님을 혼자 두고 가는 건 찝찝해서 싫습니다."

솔직하게 자신의 속내를 드러낸 시드.

물론 그냥 증표를 받고 떠나 버릴까도 생각했지만, 역시 자신은 그럴 수 없었다.

"치료 방법이 있습니까?"

"하하. 역시 네놈은 재미있는 노안이야!"

시드의 주먹이 부들부들 떨렸다. 정말 한 대 쥐어박고 싶은 영감탱이였다.

"약초는 있다."

"약초요?"

"그래. 오랫동안 찾았지만 찾기 힘들었던……. 이곳 산을 벗어나면 또 다른 산이 하나 있다. 그 규모는 비교가 되지 않을 정도로 크다. 그곳 어딘가에 내가 찾는 약초가 분명히 존재한다. 아니, 존재해야만 한다고 할까."

간절함이 담긴 듯한 그의 발언. 시드는 내심 쉽지 않은 일이 될 것이라 판단했다.

그 산을 본 적이 있는데 정말 턱이 벌어질 만큼 컸으며, 노인조차 찾지 못한 약초를 찾아내야만 하니까.

하지만 포기할 수는 없었다.

설령 찾지 못한다 할지라도 최선을 다하고 싶었다. 그래야 후회하지 않을 것 같다.

"알겠습니다. 제가 꼭 찾아낼게요. 그때까지 견뎌주세요."

시드의 결심과 함께 노인의 눈동자에 흐뭇함이 깃들었다.

쏴아악!

"젠장."

쏟아지는 비를 맞으며 시드는 진흙탕 바닥에 주저앉았다.

노인과 약속을 한 지 어느덧 보름이 지났건만 아직도 그 신비의 약초를 찾지 못했다.

이 넓은 산을 수없이 헤집고 또 헤집었음에도 말이다.

물론 모든 곳을 기억할 수 없기에 놓친 부분도 존재하겠지만 이제는 포기하고 싶을 지경이었다.

'밖의 시간은 어느 정도나 흘렀을까……'

차이가 있다는 사실은 아는데 정확하게 판단이 불가능했다.

"얼른 찾고 돌아가자."

메리아와 여러 사람들을 떠올린 시드는 나약해진 자신에게 한 번 웃어준 뒤, 자리에서 일어섰다.

"응? 저런 곳이 있었나?"

그렇게 며칠을 더 약초를 찾아볼 때였다.

물고기로 배를 채우고 돌아다니던 시드는 처음 보는 동굴을 발견했다.

시드는 고개를 갸웃거렸다. 이 근처에는 계곡이 있어 분명 기억을 하고 있었는데, 이런 동굴은 존재하지 않았다.

'일단 들어가 보자.'

시드는 결심과 함께 마나를 끌어올린 뒤, 어두컴컴한 동굴 안으로 들어갔다.

혹시 몰라 입구에서 집중력을 발휘해 기척을 감지했지만 위험은 느껴지지 않았다.

작은 움직임들이 있었으나 곤충이나 벌레들이었다.

"꽤 길구나."

동굴은 겉에서 보기보다 깊었다.

10여 분 넘게 걸어갔는데도 끝이 나오지 않았으며 지루함이 느껴질 만큼 적막했다.

그렇게 얼마나 걸었을까. 시드는 무언가를 발견하고 멍한 표정이 됐다.

쏴아아…….

화려한 빛무리가 동굴 안을 밝히고 있었다.

그 빛무리는 동굴 구석에 자리한 꽃처럼 생긴 풀에서 흐르고 있었는데 화려하고도 아름다웠으며 시선을 뗄 수 없을 정도로 매혹적이었다.

'드디어…….'

시드의 입가에 미소가 번졌다.

노인이 말한 약초의 특징과 똑같았다. 이제야 겨우 찾게 된 것이었다.

'영감을 살릴 수 있다. 그리고 돌아갈 수 있다.'

고생을 많이 하고 절망감에 빠지기도 한 탓일까?

시드는 이토록 가슴이 두근거린 적이 언제였는지 기억이 잘 나지 않을 정도로 감격하고 기뻐하며 약초를 향해 조심스레 손을 내밀었다.

하지만 그 순간이었다.

등 뒤에서 날카로운 살기와 함께 무언가가 빠른 속도로 돌진해 왔다.

CHAPTER 05
기약

"큰일을 겪었다고 하던데 괜찮은 건가?"

마르트 왕국의 접대실에는 쉽게 보기 힘든 인물들이 모두 모여 있었다. 바로 네 명의 장로와 두 명의 왕비, 왕자들이었다.

그들의 곁에는 만약을 대비해 경호를 하기 위한 인물들이 붙어 있었는데, 베부드가 진정 걱정하는 얼굴로 바에튼에게 다가가더니 물었다.

"괜찮네……."

가라앉은 목소리로 대답한 바에튼의 두 눈동자에서 불꽃이 튀는 듯했다.

아무리 범인이란 사실을 안다 할지라도 물적 증거가 없는 이상 함부로 따질 수 없는 노릇이었다.

적들은 베부드 혼자뿐 아니라 다른 두 장로와 함께 왕자, 왕비들, 그를 따르는 귀족들이니.

모두가 합심하면 한 명쯤 몰아세워 죽이는 일은 일도 아닐 것이다.

그렇기에 최대한 적의를 드러내지 않으려고 마음먹었으나 쉽사리 되지 않았다.

죽어간 신하들의 모습이 두 눈에 맺혔다. 일부는 자신들의 가족들까지 함께였다. 거기다 시드 역시 죽을 뻔했고 말이다.

스윽.

그런 베부드의 어깨에 누군가 손을 얹었다. 가면으로 얼굴을 가리고 있는 벨케였다.

"괜찮은가? 하하, 의외로 매정했구만. 그렇게 많은 신하들이 죽었는데 괜찮다라……."

"시끄럽군."

"뭐, 뭐?"

베부드는 자신의 귀를 의심했다.

바에튼의 반응이 재미있어서 골려주고 있었는데, 그도 아닌 신하가 나서다니. 그것도 존칭을 쓰지도 않았다.

절대 있을 수도 없는 일이며, 용납할 수도 없었다.

"네놈이 감히 뭐라고 했느냐?"

베부드의 전신에서 송곳 같은 살기가 새어 나왔다. 여차하면 단숨에 목을 꺾어버릴 작정이었다.

　왕궁 내에서의 살인은 자제해야 했지만 현왕은 자리에 없었고, 설령 들킨다 해도 명분이 존재했다.

"시끄럽다고 했다."

"……."

"누구한테 함부로 지껄이느냐!"

벨케의 무례한 태도에 베부드는 침묵을 지키며 노려봤고 그의 경호를 맡은 신하가 오히려 흥분하며 소리쳤다.

그러자 베부드가 손을 내밀어 자신의 신하를 저지했다.

"정녕, 네놈이 죽고 싶구나."

베부드가 마나를 끌어올렸다. 여차하면 변신까지 할 기세였다.

"바에튼의 신하는 예의가 없군."

"그러게 말입니다, 형님. 이곳이 어떤 자리인데……."

1왕자와 2왕자가 키득거리며 대화를 나눴다.

적대 관계인 그들이었지만 지금 이 순간만큼은 사이 좋은 형제 같았다.

왕이 결정되는 순간 언제 그랬냐는 듯 피바람이 불겠지만 말이다.

"죽여도 괜찮겠습니까?"

베부드가 고개도 돌리지 않은 채 묻자 2왕비와 눈이 마주친 1왕비가 야릇한 미소를 띠며 중얼거렸다.

"전하도 이해하실 것입니다."

"크큭. 알겠습니다."

“이보게……..”

상황이 좋지 않게 흐르자 다급해진 것은 바에튼이었다. 그는 떨리는 손길로 벨케의 손목을 부여잡았다.

사실 오기 전에 벨케가 얘기했었다.

어떤 일이 생겨도 눈치를 보지 말라고. 지금 이 순간만큼은 왕비라 할지라도 동등한 입장이니까.

하나 왕비, 왕자들과 직접 대면하고 있으니 단단히 마음을 먹었어도 언제 그랬냐는 듯 허물어졌다.

‘어쩔 수 없겠지, 그동안의 관계가 있으니.’

벨케는 그런 바에튼을 쳐다보며 쓰게 웃은 뒤, 자신의 등 뒤로 바에튼을 밀쳤다.

그 광경에 모두가 눈을 동그랗게 뜨며 그 둘을 쳐다봤다.

죽여달라는 건방진 태도도 기가 찼는데, 신하가 자신의 주군을 밀치다니?

아무리 바에튼의 성품이 좋고 신하들과 가까이 지낸다지만 허용이 될 수 없는 일이었다.

“저, 저……..”

“말이 안 나오는군.”

다른 두 장로가 고개를 저으며 한마디씩 했다. 하지만 그들의 입이 다물어지기까지 오랜 시간이 걸리지 않았다.

벨케에게서 이때까지 느껴본 적도 없을 법한 거대한 마나와 살기가 새어 나오기 시작한 탓이다.

“어디 한번 죽여보시지?”

"너, 너……."

그 말과 함께 벨케가 더욱 힘을 드러내자 베부드는 온몸을 부들부들 떨었다.

절대 잊을 수 없는 그 치욕의 날, 지금의 기운을 느낀 적이 있었다.

마주 선 그 순간만큼은 감히 마주 보기도 힘겨웠던 그 마탑급!

"오랜만이군?"

벨케가 이빨을 드러내면서 웃었다.

*　　*　　*

퍼어억!

"크으윽!"

둔탁한 무언가에 부딪친 시드는 신음과 함께 뒤로 날아갔다.

쩌어억! 트트특!

그 힘이 얼마나 대단했던지 부딪친 동굴의 벽이 부서지며 시드의 육체는 동굴 밖으로 나가떨어졌다.

'도, 도대체 뭐야? 이런!'

채 생각할 겨를도 없이 시드는 몸을 일으켰다. 어느새 적이 지척까지 접근해 온 탓이었다.

적은 큰 체격을 갖춘 거인의 형태였는데 전신이 검고 짙은 안개에 휩싸여 있었다.

그 안개가 얼마나 짙은지 얼굴은 전혀 볼 수가 없었다.

"타하압!"

번쩌억!

시드는 서둘러 마나를 폭발적으로 일으켰다. 동시에 거인의 어깨를 노리며 달려들었다. 한데 놀랍게도 거인은 체격에 맞지 않는 스피드로 뒤로 재빠르게 물러섰다.

그 짧은 순간 메스토의 스텝도 발휘했는데 말이다.

'젠장……'

시드는 팔이 욱씬거리는 것을 느끼며 힐끔 쳐다봤다.

처음 일격을 당할 때 다급히 팔을 들어 올려 막았었는데, 그때의 충돌로 부어 있었다.

'이길 확률이 낮다.'

거인에게서 느껴지는 기운은 마탈 급을 상회하고 있었다. 또한 전력이라는 확신도 없었다.

만약 아직 힘을 더 숨기고 있다면 승패는 불 보듯 뻔했다.

"왜 저를 공격합니까?"

시드는 긴장을 늦추지 않은 채 거인과 시선을 마주치며 물었다.

검은 안개 사이에서 희미하게나마 보이는 것이 바로 눈동자였는데 그 색은 피처럼 붉었다.

"저는 당신과 싸울 이유가 없습니다."

대답이 없자 시드는 재차 말했다.

이길 수 없다면 가능한 싸움을 피하는 것이 최선책이었다.

더군다나 이유조차 모른 채 목숨을 건 싸움을 할 순 없었다. 분명 처음 보는 존재였으며, 이런 자가 있다는 것조차 몰랐다.

한데 왜 자신을 죽이려 하는 것인지 납득이 되지 않았다.

만약 밖의 세계였다면 또 모른다. 이유를 알 수 없어도 적들이 존재하기에 추측을 할 수 있었다.

하지만 이 세계에서는 달랐다.

아는 이라고는 영감 한 명밖에 존재하지 않았으며, 원한 살 일도 없었다. 그동안 누구를 만난 적도 없으니까 말이다.

'혹시……'

그때 시드는 한 가지 추측이 떠올랐다.

갑자기 나타난 동굴과 그 속에 자리하고 있던 약초, 그리고 거인.

어쩌면 거인은 약초를 지키기 위한 존재인지도 몰랐다.

"에페는 그 누구도 가져갈 수 없다……."

마치 머릿속에서 울리는 듯 거인의 목소리가 들렸다. 에페는 약초의 이름인 듯했으며 예상처럼 그는 에페를 지키는 존재였다.

"저는 그 에페가 꼭 필요합니다!"

시드가 간절함을 담아 외쳤다.

이제야 영감을 살릴 수 있는 약초를 찾았는데, 눈앞에서 포기할 수 없었다.

"왜지……?"

“살리고 싶은 사람이 있습니다.”

“네가 죽는다 해도……?”

“…….”

시드는 잠시 말문이 막혀 버렸다.

살리려고만 했지, 자신도 죽을 수 있으리라고는 생각하지 않았다. 하나 곧 망설임을 떨치며 자신있게 대답했다.

“둘 다 살 것입니다.”

“그렇다면 어디 한번 뺏어봐라.”

‘어쩔 수 없군.’

에페를 줄 마음이 없다란 사실을 확인한 시드는 어금니를 꽉 깨물며 마나를 끌어올렸다.

거인의 실력과 자신의 약점을 감안했을 때, 시간을 끌어봤자 좋을 리 없었다.

짧은 순간 모든 힘을 끌어내 단번에 해치운다!

곧 시드의 육체가 흐릿해지며 숏구쳤다.

*　　　*　　　*

“어, 어찌 이런 기운이…….”

“도, 도대체 네놈은 누구냐!”

“바에튼, 감히 우리를 위협하는 것입니까?”

왕자들은 경악을 금치 못하며 저도 모르게 중얼거렸고, 힘겹게 정신을 수습한 2왕비가 바에튼한테 소리쳤다.

그럴 수밖에 없는 것이 벨케의 기운은 너무나 압도적이었으며, 살기까지 흘날리고 있었기에 목숨의 위협까지 느끼고 있었다.

"그, 그럴 리가 있겠습니까."

바에튼이 왕비의 기세에 짓눌려 대답을 했지만 벨케는 전혀 개의치 않은 채 기운을 풀지 않았다.

"숫자를 늘리면 괜한 피해만 커질 것이다."

왕자와 장로들이 다급히 마법 통신구를 이용해 자신의 신하들을 부르자 벨케가 코웃음을 쳤다.

사실 제아무리 벨케라 할지라도 혼자서 왕궁하고 싸울 순 없는 법이었다. 마나와 체력에는 한계가 존재했으니.

하지만 그에게는 든든한 지원군들이 있었다. 바로 크라운의 실력자들이었다.

자신이 원하면 언제든지 그들이 왕궁으로 이동할 수 있도록 준비가 된 상태였다.

축제로 인해 술에 취해 있다 할지라도 마음먹으면 취기를 얼마든지 날릴 수 있었다.

물론, 그럼에도 한 왕국을 상대할 순 없겠지만 현왕을 믿었으며, 또한 여차하면 자신의 정체를 드러낼 결심까지 하고 있었다.

더불어 시드만이 증표를 얻어, 바에튼을 왕으로 만들어주리라 확신하기에 뒷일은 걱정하지 않았다.

"무슨 짓이냐."

이곳은 왕궁이고 벨케가 혼자란 사실에 애써 두려움을 날린 베부드가 입을 뗐다. 그러자 벨케는 실소를 흘렸다.

"잘 알고 있을 텐데?"

바에튼의 가족이나 다름없던 신하들이 무참히 살해당했으며, 시드마저 죽을 뻔했다. 아니, 죽었다고 봐야 했다.

검은 생명이 아니었으면 살아 있을 수도 없었기에. 그 검은 생명조차도 너무나 희박한 확률이었으니까.

벨케는 타오르는 듯한 분노를 느꼈었다.

그러나 시드의 상태가 더욱 위중했기에 살아날 때까지 모든 일을 잠시 잊기로 결심했었다.

그리고 오늘 때와 함께 기회가 찾아왔다.

벨케가 추측하고 있는 주동자들이 모두 모이는 자리였기에 오늘 이 자리에서 그들의 어리석음을 가르쳐 주기로 결정했다.

그 후 시드를 만나기 전 미리 에스와 얘기를 마쳤고, 마법진도 준비했다.

"무엇을 말이지?"

"모르겠다면 알게 해주지."

문 입구를 향해 다가오는 수십 명의 마나를 느끼며 벨케가 주먹을 푸는 그때였다.

스르륵.

문이 조심스럽게 열리면서 두 명이 모습을 드러냈다.

"폐, 폐하!"

"어찌 이곳까지……."

"아바마마!"

"내가 못 올 곳을 온 게냐?"

고개를 숙이는 왕비, 왕자들의 목소리에는 당황함이 역력했다. 그가 이 자리에 나타날 것이라고는 예상치 못했다.

그들을 뒤이어 네 명의 장로와 신하들 역시 서둘러 바닥에 이마를 맞댔다.

문을 열고 나타난 이들은 다름 아닌 현왕과 시종장이었다.

하나 벨케는 왕비와 왕자들처럼 절은 하지 않고 살짝 고개만 숙였다.

그 광경에 현왕은 호기심 어린 얼굴로 벨케를 쳐다봤고 시종장 역시 그가 아무런 말을 하지 않아 나서지 않았다.

그러나 다른 이들은 달랐다.

"정녕 죽고 싶으냐!"

1왕자가 고함을 크게 질렀다.

아버지인 현왕의 앞에서 해선 안 될 행동이었지만 지금은 상황이 달랐다.

"쿨럭, 자네는 누구인가?"

바퀴가 달린 의자에 앉아 있는 현왕이 기침과 함께 벨케한테 묻자 그는 입가에 웃음을 띠며 대답했다.

"바에튼의 동료입니다."

"동료?"

"신하가 아니고?"

주위에서 웅성거림이 들렸다. 그 사실을 알고 있던 베부드만이 침착함을 유지했다.

이때까지 당연히 바에튼에게 소속된 신하라고 판단했다. 가면을 쓴 것은 그런 일을 겪었기에 얼굴을 감추기 위함일 것이라 판단했다.

곧 바뀌게 될 왕권에 대비해 자신을 보호하기 위해서 말이다.

바에튼이 다른 파들과 사이가 좋지 않은 것은 워낙 알려져 있는 상태였으니.

한데, 무례한 태도와 믿을 수 없는 실력으로 인해 평범한 존재가 아니라 추측할 수 있었다.

"동료라, 그대는 마르트 인이 아닌가? 쿨럭."

힘없는 목소리였지만 자신과의 관계를 확실히 하는 발언이었다.

그 누구라 할지라도 왕에게는 예의를 갖춰야 하는 법이었다.

"한때는 그랬습니다."

"한때는……?"

벨케의 가면 속 눈동자에 안쓰러움이 묻어 있었다.

그는 현왕과 인연이 있었다. 한때 그의 신하이기도 했으니 말이다.

현왕은 벨케가 좋아하는 이들 중 한 명이었고, 건장하던 그의 모습이 엊그제처럼 느껴졌다.

그런데 지금의 그는 툭, 건들기만 해도 숨이 멎을 것처럼 보였다.

"얘기하고 싶지 않다면 안 해도 된다네."

벨케가 입을 다물자 현왕은 온화한 미소를 지어줬다.

사연이 있는 듯한 발언이었다. 본인이 밝히지 않는데 굳이 캐묻고 싶은 마음은 없었다.

또한 평소 충성심과 생각이 깊은 바에튼이 저런 성격을 알면서도 데리고 왔다면 이유가 있을 것이었다.

'어떤 사이인지.'

"들어간 지 어느 정도나 되었나……. 쿨럭."

"30분 간격으로 들어갔으며, 마지막 대리자가 들어간 지 한 시간이 지났습니다."

현왕이 묻자 곁에 있던 시종장이 시간을 확인하며 대답했다.

"슬슬 나올 때가 된 듯하군."

"그렇습니다, 폐하."

'돌려보낸 건가.'

둘의 대화를 들으며 바에튼이 문밖의 마나를 감지했다.

분명 많은 이들이 다가왔으나 왕이 들어온 이후 넷을 제외하고는 모두 멀어진 상태였다.

그 넷은 분명 왕을 제외한 그 누구의 명도 듣지 않는 직속 신하들일 테다.

"문득 그가 보고 싶군……."

그때 현왕이 추억에 젖어가며 누군가를 떠올렸고, 벨케와 두 눈이 마주쳤다.

*　　　*　　　*

"하아, 하아······."

시드는 눈앞이 흐릿해짐을 느끼며 비틀거렸다.

어느덧 마나를 사용한 지 15분이 다가오고 있었지만 거인은
역시 강했다.

쓰러뜨리기는커녕 큰 부상조차 입히지 못한 상태였다. 아
니, 오히려 치명상을 입은 것은 자신이었다.

'어떻게 해야 될까.'

시드는 출혈이 심한 옆구리를 손으로 감싸 쥔 채 빠르게 머
릿속을 회전시켰다.

현재 시드와 거인은 처음 싸움이 벌어진 곳에서 꽤 멀어져
있었다.

혹시나 에페가 상할지도 모른다는 판단에 시드가 일부러 거
리를 벌린 것이었다. 거인 역시 에페를 지켜야 했기에 그런 시
드를 따랐다.

'다른 방법이 없겠지.'

결심을 굳힌 시드는 흐르는 식은땀을 닦을 틈도 없이 마나
를 일으켰다.

이제 남은 마나도, 시간도 거의 존재하지 않았기에 되든 안
되든 망설일 겨를이 없었다.

"하아압!"

시드의 육체가 빠르게 흩어졌다. 레폰의 환영검!

한데 이때까지와는 다르게 일부는 거인을 위협했고, 다른 일부는 동굴을 향해 달려갔다.

에페를 손에 넣은 뒤, 어떻게든 달아나려는 계획인 것이다.

"크으윽!"

등 뒤에서 거인의 우렁찬 외침이 들렸다. 거인과 맞섰던 시드의 환영은 이미 사라진 상태였다.

'제발 조금만 더 빨리!'

시드는 이를 악문 채 남겨둔 마나와 악마의 기운까지 모두 끌어올렸다.

그 힘들은 에페를 손에 넣고 달아날 때를 대비한 것이었지만, 곧 따라잡힐 것 같기에 어쩔 수 없었다.

'저기에 있다!'

얼마 지나지 않아 에페를 발견한 시드, 하나 웃을 수는 없었다.

등 뒤에서 무시무시한 기세로 거인이 거리를 좁히고 있기 때문이다.

지이잉!

'이, 이런……'

전신을 관통하는 예리한 느낌과 함께 시드의 얼굴이 일그러졌다. 그뿐 아니라 눈에 띄게 육체도 비틀거렸다.

'시, 시간이 다 됐다……'

아직 조금은 더 남아 있으리라 믿었는데 치열한 전투 중에 자신이 잘못 계산을 한 모양이었다.

어느덧 15분을 알리는 위험 신호가 몸에 퍼지며 통증이 치밀어 올랐다.

'젠장.'

머릿속이 복잡해졌다.

고통과 위험을 조금이라도 줄이기 위해서는 지금이라도 마나를 풀어야 했다.

하지만 코앞에 있는 에페와 죽어가던 영감이 떠오르자 차마 그럴 수 없었다.

그리고 시간 계산을 잘못했다는 사실을 파악했을 때부터 죽음이 가까이 다가왔다고 느꼈다.

어쩌면 에페를 포기하면 살 수 있을지도 모른다.

거인은 에페를 지키기 위한 존재이니까, 에페만 노리지 않는다면…….

그런데 이성과 달리 감정은 이미 에페를 손에 잡아버렸다.

"커어억! 빌어먹을!"

쿨러억!

시드의 입에서 피가 분수처럼 터져 나왔다. 그뿐 아니라 귀도 웅웅거리며 소리를 차단하기 시작했으며, 두 눈이 점점 감겨왔다.

그런 자신의 상태를 느끼며 시드는 쓴웃음을 흘렸다.

죽음의 위기에서 살아난 지 얼마나 됐다고, 또다시 위험을 자초하다니.

자신을 살리기 위해서 모두가 그렇게 노력했는데, 아직 악마의 기운은 제대로 써보지도 못했는데.

완벽하게 감겨지지 않는 두 눈에 자신을 내려다보고 있는 거인이 보였다.

거인은 뭐라고 중얼거렸지만 시드는 더 이상 아무런 소리도 듣지 못하고 곧 의식을 잃었다.

스륵…….

시드의 감겨 있던 두 눈이 떠졌다.

시드는 멍하니 허공을 바라보며 어떻게 된 영문인지를 떠올렸다.

분명 동굴 속에서 의식을 잃었는데 왠지 낯익은 곳이었다. 기억을 더듬어보니 바로 노인의 집이었다.

'구해주신 건가?

거인이 순순히 놓아줬다 할지라도 자신은 움직일 힘조차 존재하지 않았다. 또한 거인 역시 이곳을 알 리가 없을 테고 말이다.

"영감님… 어?"

무심결에 몸을 일으키던 시드는 자신의 몸을 살폈다.

시간을 넘겨 통증에 시달려야 했다. 그뿐 아니라 꽤 큰 상처도 여러 개 입었었다.

한데 아무런 고통이 없었으며, 상처도 회복되어 있었다.

"일어났냐?"

그때 문이 열리며 노인이 모습을 드러냈다. 그는 피곤한 얼굴로 죽을 끓여왔다.

"일단 먹어라."

묻고 싶은 말이 많았지만 허기진 상태였기에 말없이 한 수저를 떠서 입에 넣었다.

그리고 멍한 얼굴로 그를 쳐다봤다.

'나를 죽일 생각입니까.'

아이니조차 울고 갈 끔찍한 솜씨!

인연을 끊고 싶은 사람이 있다면 적극적으로 추천해 줄 맛이었다.

'이때까지는 괜찮았는데?'

맞은편에서 빤히 쳐다보고 있는 영감으로 인해 애써 웃으며 힘겹게 한 숟가락을 더 먹은 시드는 고개를 갸웃거렸다.

이때까지 수없이 그의 요리를 먹었다. 그런데 대부분 정말 맛있었다.

"맛이 오묘할 거다, 에페를 넣었으니."

"에페요?"

시드의 내심을 알아차린 노인이 실소를 흘리며 말하자 시드의 두 눈동자가 크게 떠졌다.

설마 자신의 몸이 이토록 빨리 회복한 이유가 에페 때문이었단 말인가?

“그건 영감님을 위해!”

“왜 그렇게 무리를 했지?”

“네?”

“너에게는 제한이 있을 텐데.”

시드는 두 눈을 깜빡였다. 지금 무슨 말을 하는 건지 쉽게 이해되지 않았다. 그러다 복잡하게 흩어져 있던 퍼즐이 하나로 맞춰지기 시작했다.

“설마……?”

“그래. 거인이 바로 나였다.”

입을 쩍 벌리고 있는 시드를 보며 노인은 짓궂게 웃었다.

초인의 증표를 위한 마지막 관문이었다. 타인을 위해 어느 정도까지의 각오를 보여주는지, 또 목숨이 위험한 상황에서의 실력을 알아보기 위함이었다.

노인은 온화하게 웃으며 아직도 얼이 빠져 있는 시드의 머리카락을 쓰다듬었다.

제한이 있다는 사실은 알았지만 정확한 수치까지는 파악할 수 없었는데 자신을 위해 그것까지 넘길 줄이야.

그는 잘 알고 있었다. 시한부가 된 자가 시간을 넘겼을 때 어떤 위험과 증상이 따르는지를.

“죽을 수도 있었다.”

“죽을 수도 있는 거죠.”

시드가 머리를 긁적이며 대답했다.

“하지만 영감님이 죽으니까요. 선택의 여지가 없지 않습니까."

"하하, 하하하. 맞는 말이군."

그는 호탕하게 웃으며 고개를 끄덕였다.

설령 그렇다 할지라도 자신의 위험까지 감수하며 다른 이를 살릴 이가 몇이나 있을까.

소중한 인연도 아니고 다시 볼 사이도 아니었으며, 함께하는 동안 괴롭히기만 했는데 말이다.

"영감님은 누구시죠?"

"내가 누구냐고……?"

마주하고 있던 노인이 시드의 곁에 앉았다.

"세상에 지친 늙은이일 뿐이지. 그리고… 이곳을 만들어낸 이기도 하고."

시드는 경악하며 그를 쳐다봤다.

그 말인즉 드래곤의 친구였다는 마르트의 왕이란 뜻이었다.

한데 이해가 되지 않았다. 정확히 기억은 나지 않지만 대단히 오래전 일이었다. 역사에서나 볼 수 있는.

어떻게 아직까지 살아 있을 수 있단 말인가?

"아직 살아 있는 게 믿기지 않는 듯한 눈이로군. 그렇지만 이곳에서는 모든 게 가능하다."

"그렇군요."

이해는 되지 않지만 드래곤의 마법이었다.

그들의 마법이라면 자신이 알 수 없는 신비한 힘이 있을 것이다.

지금 가장 위대한 마법이라 칭해지는 고대의 마법 역시 그들에게는 아무것도 아닌 수준일 테니까 말이다.

"한데 왜 이곳에……?"

시드가 재차 묻자 그는 과거의 시간을 돌아보며 얘기했다.

"말했지 않나, 세상에 지쳤다고. 아무도 없는 곳에서 혼자 시간을 보내고 싶었지. 유일하게 맺은 친구와 오랜 시간을 함께하고 싶었는지 아르카스가 드래곤 로드에게까지 찾아가 조언을 구해 시간의 흐름이 다른 이곳을 만들어냈고."

시드는 볼을 긁적였다. 혼자 있고 싶었다라……. 그렇다면 왜 이곳이 초인의 증표를 얻기 위한 장소가 됐을까.

결국 시드가 궁금증을 참지 못하고 묻자 노인은 진심으로 귀찮다는 표정을 지으며 투덜댔다.

"어느 날인가… 그 아르카스에게 가끔 심심하다고 얘기했던 게 화근이었지. 놈이 당시의 왕에게 찾아가 나와 이곳의 존재를 알리고 가끔씩 애들을 보내 시험을 보게 하라고 한 거였어. 그 후로 초인의 증표는 후대에도 전해지며 지금까지 오게 된 거야. 귀찮아 죽겠다."

"……."

전해지는 훈훈한 얘기와는 전혀 다른 진실!

"그렇다면 에페는 무엇인가요?"

그의 얘기를 종합하면 아프다는 것도 시험을 하기 위한 거짓

말이었다. 즉, 에페 역시 아무것도 아닐 수 있다는 뜻이었다.

"에페가 바로 초인의 증표지."

"네?"

"너의 집념에 놀랐다. 의식을 잃은 순간에도 에페를 쥔 손은 힘을 꽉 주고 있더군."

시드는 깜짝 놀라며 자신의 양손을 펼쳤다.

"에페가 네 손에 있을 리가 없지 않으냐? 죽이 되어 네가 먹었으니."

"아, 그렇군요!"

"그렇지? 하하하!"

"으하하! 그러면 제 증표는요?"

아무런 생각 없이 따라 웃다 말고 울상이 되어 노인을 쳐다보는 시드.

그 초인의 증표를 위해 이때까지 그 고생을 했는데 먹어서 없어졌다니!

그런 시드에게 노인이 어깨에 손을 얹으며 엄지손가락을 치켜들었다.

"걱정 마라, 농담이니까. 에페는 단지 쓰레기 같은 맛의 풀일 뿐이다!"

'걱정을 시키지 말던가! 그리고 쓰레기는 왜 먹인 거냐고!'

혈압이 부쩍 상승했지만 안도한 시드는 힘없이 바닥에 주저앉았다. 그때 노인의 진지한 목소리가 들렸다.

그토록 기다리고도 기다렸던 그 말.

"이것이 바로 초인의 증표다."

곧 방 안은 눈부신 빛에 휩싸였다.

시드는 가자미처럼 얇은 눈동자가 되어 노인을 쳐다봤다.

양치기 소년도 거짓말을 하지 않았더라면 사람들이 그토록 의심하지 않았을 것이다.

그것처럼 한두 번 속아본 것이 아니기에 쉽사리 와 닿지 않았다.

더군다나 초인의 증표라고 내민 것이, 빛나는 미끼였다!

이때까지 수없이 낚시를 할 때 끼우던 그 미끼! 매일 자신이 끼우고, 끼워줬던 그 미끼 말이다!

"물고기들이 수없이 먹었던 그 미끼군요……."

"그래. 그 미끼지."

"그 미끼가 초인의 증표였다고요……."

"사람들의 고정관념에 내가 따를 이유는 없으니까."

일리가 있는 말이었다. 그의 삶은 그가 정하는 것이니 말이다.

"영감님답네요."

시드는 왠지 모를 허탈함을 느끼며 미끼를 손에 받아 쥐었다.

그러자 뒤이어 노인이 자신의 손가락에 차고 있던 투명한 반지를 꺼내더니 내밀었다.

"가져가거라."

“이게 뭐죠?”

“나의 몸에서 나던 검은 연기다. 네가 전에 얘기했지. 너의 정체를 가릴 때가 많다고.”

자신에 대해 얘기하면서 그런 말을 한 적이 있었다.

“유용하게 쓰일 거다.”

“고맙습니다.”

시드의 시력으로도 너무 짙어 모습을 알아볼 수 없을 정도였으니 앞으로 정체를 감추고 싶을 때 꽤 도움이 될 것 같았다.

그러자 노인이 흐뭇하게 웃으며 손을 내밀었다.

“500골드만 내라.”

‘파는 거였냐!’

마지막까지 시드를 약 올리는 그였다.

“이제 돌아갈 시간이다.”

노인이 시드의 손을 잡았다. 그 손에서 따스한 체온이 느껴졌다.

그러고 보니 맞을 때를 제외하고는 손을 잡는 건 처음이 아닐까 하는 생각이 들 정도였다.

“그러네요.”

기쁘면서 아쉬웠고, 보고 싶은 이들이 떠오르면서도 노인이 보고 싶어질 것 같았다.

“아참, 영감님.”

“왜?”

"벨라케님이 즐거웠었다고 전해달래요."

"벨라케가? 녀석과 아는 사이였군."

아직 그의 이름을 기억하고 있었는지 노인의 표정에 변화가 찾아왔다.

'이게 바로 선의의 거짓말이지.'

시드는 속으로 이를 갈던 벨케를 떠올리며 웃음을 터뜨렸지만 눈빛만큼은 진실이라는 듯 진지했다.

"그래? 녀석이 말이지. 이를 갈며 지랄 발광을 떨고 있을 줄 알았더니!"

움찔!

예리한 노인의 말에 시드의 육체가 주춤거렸지만 알아차리지 못한 것 같았다.

아니, 어쩌면 진실을 알고 있으면서도 모른 척해주는 것 같기도 했다.

"네놈이 바라는 왕이 어떤 마르트를 만들어갈지 기대하겠다."

"변화의 바람이 불겠죠. 기분 좋은 따스한……."

시드는 진심으로 그리 믿었다. 바에튼이라면 다른 권력자들과 달리 그렇게 해주리라.

"아참, 가기 전에 이놈들을 데리고 가거라."

"응? 컥!"

쿠웅! 철퍽!

노인의 말이 끝남과 동시에 허공에서 다섯 명의 남자가 바닥에 떨어졌다.

그들은 노인에 의해 강제적인 잠에 빠진 듯 그 충격에도 깨어나지 않았는데, 다른 세 장로와 왕자들의 대리인인 듯했다.

왕비들은 왕자들의 힘을 더해줄 뿐, 왕권 쟁탈전에 참여할 수는 없으니 다섯이 맞았다.

"너와 함께 왔으나 허약한 놈들뿐이었다. 다들 동굴에도 못 갔지."

'하긴……'

시드는 의식을 잃은 다섯에게 공감이 갔다.

자신은 노인과 비슷한 벨케에게서 단련이 된 상태였다. 그뿐 아니라 최근에는 검은 생명의 끔찍함조차 이겨냈다.

그런 삶을 걸어왔기에 노인의 괴팍한 성격과 구타에도 물러서지 않았다. 하나 그들은 평화롭고, 남을 지배하고만 살아온 귀족이었다.

그중에는 베부드의 아들인 베라데도 있었다.

"자, 이 문을 열고 나가면 된다. 아참… 그리고 너의 몸은 그동안 나를 즐겁게 해준 선물이다."

"네?"

양손에 다섯을 짊어지고 새하얗게 빛나는 문을 바라보던 시드는 무슨 소리냐는 듯 돌아봤다.

하지만 노인은 아무런 말 없이 웃고만 있을 뿐, 더 이상은 알려주지 않았다.

“영감님!”

“왜?”

노인이 귀찮다는 듯 대답하자 시드가 환하게 웃으며 외쳤다.

“감사했습니다! 보고 싶을 거예요, 파츤 할아버지!”

시드는 그 말과 함께 빛의 문으로 걸어갔다. 파츤은 다름 아닌 노인의 이름이었다.

오는 길에 벨케한테 들었다. 드래곤과 함께 이곳을 만든 왕의 이름이 파츤이었다고.

“녀석……. 나도 보고 싶을 거다.”

파츤은 문이 닫히자 그 말과 함께 돌아섰다.

*　　　*　　　*

지이잉. 지이잉.

별안간 들리는 신호와 함께 모두의 시선이 시종장에게로 집중됐다.

그의 손목에는 팔찌가 채워져 있었는데, 그 팔찌가 돌연 붉은빛을 띠며 빛나기 시작한 것이었다.

초인의 증표를 얻기 위한 시험이 끝났다는 알림이었다.

“다녀오겠습니다.”

시종장이 현왕에게 고개를 숙인 뒤, 접대실을 빠져나갔다.

동굴에는 다른 이가 대기하고 있었지만, 그는 이곳까지 올 수 없는 신분이라 자신이 직접 데리고 와야 했다.

"쿨럭, 드디어 끝났군……."

현왕이 작은 목소리로 얘기하자 방 안에는 긴장감이 가득 채워졌다.

그 누구도 자신의 대리인이 성공하리라 확신하지 못하고 있는 상태였다.

그것은 현왕 역시 마찬가지였다. 바에튼에게 기회를 줬지만 바에튼의 대리자가 증표를 얻었으리란 보장은 없었다.

'어쩌면 우리에게도 기회가…….'

바에튼을 제외한 세 명의 장로는 속으로 부푼 꿈을 꾸기 시작했다.

모두의 마음에는 흑심이 숨어 있었지만 겉으로는 드러내지 않았다.

만약 그들이 된다 할지라도 1, 2왕자에게 왕의 자리를 넘기겠다고 다짐했었다.

이때까지 장로들과 왕자, 왕비들은 그런 관계였기 때문이다.

한데 그 일이 현실로 닥치게 된다면? 세 장로의 마음속 대답은 노(NO)였다.

자신들이 왕이 된다면 왕자나 왕비들의 눈치를 볼 필요도 없어졌다.

현왕은 바에튼에게 기회를 준 것이지만, 그런 의미로 봤을 때는 다른 세 장로에게도 기회를 준 것과 다름없었다.

"쿨럭, 그 누가 된다 할지라도 이의가 없겠지?"

왕이 재차 확인하자 모두는 하나가 되어 세차게 고개를 끄덕였다. 사실 불만은 가득했지만 이미 결정된 일이었고, 왕명이기에 거부할 수도 없었다.

'만약 내가 되지 못한다면…….

한편으로는 불안한 마음도 감출 수 없었다. 다른 이들이 왕이 될 수 있으니 말이다. 그렇게 되면 어찌할 것인가?

또한, 같은 파인 장로들 중 한 명이 선택됐는데 만약 자신을 배신한다면?

왕비들과 왕자들은 초조한 얼굴로 결과를 기다렸다.

장로들 역시 자신이 모시는 왕자의 긴장을 풀어주는 척 노력했지만 심정은 다를 바 없었다.

똑똑. 스르륵…….

"들어가겠습니다."

잠시 후, 노크 소리와 함께 시종장의 목소리가 들리더니 문이 열렸다.

그리고 모두는 볼 수 있었다, 시종장과 함께 들어오는 단 한 명의 남자를.

"하하하! 그놈들 표정을 봤나?"

"그럼! 그럼! 잊을 수가 없네!"

섬에 돌아온 벨케와 바에튼은 술을 마시며 웃음을 터뜨렸다.

단 한 명의 남자가 시드란 사실을 발견하자 모두의 얼굴이 똥 씹은 것처럼 일그러졌었다.

현왕의 앞이라 참으려 해도 드러날 수밖에 없는 현실.

"해냈구나."

에스가 다정한 눈길로 시드에게 말하자 시드는 쑥스러운 듯 머리를 긁적였다.

"나한테 말도 안 하고 나가고……."

"미안, 미안. 너무 갑자기 가야 되는 바람에."

그 자리에는 메리아와 많은 이들이 함께 하고 있었는데, 벨케가 모두에게 알린 탓이었다.

어차피 이제 곧 현왕이 직접 발표를 할 테니 숨길 이유가 없었다.

"앞으로는 나에게 비밀 만들면 안 돼. 알았지?"

"알았어."

"헤헤. 오빠가 너무 자랑스럽다."

메리아가 시드의 팔짱을 끼며 기댔다.

말도 안 하고 위험한 일을 하고 와 서운한 마음도 있었지만 그보다는 기쁜 마음이 더 컸다.

4대 왕국 중에 하나인 마르트 왕국이었다. 시드가 그 마르트 왕국의 왕을 결정하게 해준 것이었다.

"히유. 히유."

그러자 시드의 반대쪽에 앉아 있던 샤인이 메리아와 똑같이 팔짱을 끼며 시드에게 기댔고, 벨케가 짓궂게 약 올렸다.

"한 명만 결정해야 되는 거 아냐?"

"그래그래! 우리 마스터는 능력이 너무 좋아서 탈이야."

"저 예쁜 두 소녀를……. 마스터, 나는 언제든 환영이야."

"무, 무슨 소리들을 하십니까!"

벨케의 얘기가 나오자 벨트라와 스피네가 한마디씩 덧붙였다.

시드는 얼굴이 붉어진 채 한숨을 내쉬었으며, 메리아는 저도 모르게 자신의 팔에 힘을 주었다.

그것을 알아차린 시드의 얼굴은 더욱 불타올랐다.

"시드님, 정말 감사해요. 또다시 은혜를 입게 됐네요……."

시란이 시드에게 술을 건네며 진심을 담아 말했다. 당혹스럽기도 하지만 그보다는 알 수 없는 무언가가 가슴을 가득 채우고 있었다.

그동안 장로라는 직책에서도 얼마나 무시를 받고 살아왔던 자신의 할아버지인가.

물론 두려움도 있었다. 왕이 된다 해도 같은 일이 벌어질 수도 있기에.

하지만 이들과 함께라면 어떤 일이 있어도 헤쳐 나갈 수 있을 것 같았다.

"아닙니다. 제가 원해서 한 일인데요."

시드가 쑥스러워하며 겸손을 떨자 바에튼이 기분 좋은 얼굴로 나섰다.

“시란 말이 맞네. 자네들이 곁에 있어서 얼마나 든든한지 몰라. 만약 자네들이 없었더라면 오늘 같은 날도 오지 않았을 거야. 특히 시드 군, 자네에게는 미안함도 고마움도 남다르다네.”

시드가 부정도, 긍정도 하기 난감해 술을 한 잔 마시는 순간이었다.

술이 취해서일까? 아니면 과감히 결심을 해서일까?

바에튼이 진지한 얼굴로 시드를 빤히 쳐다보며 얘기했다. 모두가 다 들을 수 있는 큰 목소리로.

“어떤가? 우리 시란의 곁을 지켜주지 않겠는가?”

“풉! 콜록, 콜록!”

“하, 할아버지!”

모두의 두 눈이 휘둥그레졌다. 벨케와 에스조차 이번 일은 예상치 못했는지 살짝 놀란 눈빛이었고, 프리야는 손자 같은 시드의 혼담 얘기가 나오자 마냥 흐뭇한 표정을 짓고 있었다.

그것도 마르트의 왕이 될 바에튼이 직접 제안한 것이며, 그의 손녀였다.

만약 시란과 시드가 서로를 마주 보게 된다면 시드는 자연스럽게 다음 마르트 왕국의 후계자가 될 터였다.

“와, 와하하. 그, 글쎄요.”

시드가 민망함을 느끼며 시란을 힐끔거렸다.

그녀 역시 무슨 소리냐고 곤란하게 하면 안 된다고 하면서 시드를 곁눈질로 바라봤다.

그 광경에 결국 메리아가 옆에 있던 술잔을 단숨에 비우더니 자리에서 벌떡 일어나 소리쳤다.

"시드 오빠는 제 거예요!"

콰아앙!

"메리아는 내 거야!"

메리아의 뒤를 이어 만취한 트라이가 탁자를 내려치며 벌떡 일어서서 외쳤다.

"거참, 복잡한 관계로군."

"그러게."

"동감입니다."

그 광경을 지켜보며 벨케가 고개를 젓자 에스와 우드가 동감했다.

"우리처럼 그 누구도 다가올 수 없는 사랑은 쉬운 게 아니오."

"프리야……."

그 틈을 놓치지 않는 프리야의 느끼 멘트 작렬!

그렇게 각자의 사랑과 웃음 속에서 술자리는 무르익어 갔다.

"내가 잘해낼 수 있을까……."

늦은 시각, 대부분의 이들이 술과 피곤에 절어 잠자고 있을 때 회의실에서 벨케와 바에튼, 에스, 프리야 공작이 얘기를 나누고 있었다.

"우리가 믿는 사람은 잘할 수 있어."

벨케가 가볍게 말을 던졌지만 그 속의 무게와 진심을 아는 바에튼은 고개를 끄덕였다.

처음에는 자신이 아닌 벨케가 왕이 되는 게 어떨지도 생각했다.

하지만 그가 받아들일 리가 없었으며, 모두가 믿어주는 만큼 스스로를 믿어보자고 결심했다.

"그들은 어찌할 것이지?"

에스가 낮은 목소리로 묻자 벨케가 이를 드러내며 웃었다. 오늘 그냥 돌아온 데에는 이유와 확신이 있었기 때문이다.

"그들은 분명 이대로 물러나지 않아. 취임식 이전에 분명 칼을 겨눌 것이다. 그날이 그들의 최후이다."

야망과 욕심이 많은 이들이었다.

분명 지금쯤 원망과 분노에 휩싸여 작당을 하고 있을 것이다.

이제는 바에튼뿐만 아니라 현왕조차 그들의 적으로 간주한 채 말이다.

그렇다면 나오는 답은 하나였다. 바로 반란이었다.

벨케는 그때를 기다리기로 결심하며 타오르던 분노를 잠시 가슴 깊이 묻어둔 채 돌아왔다.

"준비를 해야겠군."

"부탁해."

벨케가 에스에게 답하며 그녀와 바에튼, 프리야의 잔에 술을 따른 뒤 자신의 잔을 들어 올렸다.
"그날을 기약하며."
그리고 일주일이 흘렀다.

CHAPTER 06
입맞춤

그날은 현왕의 왕권 계승에 대한 발표를 3일 앞두고 있는 시점이었다.

많은 이들이 주목했던 사안인지라, 초인족들은 물론 타 왕국의 관심 역시 쏟아지고 있었다.

하지만 그 진실을 감추고 싶어하는 이들도 존재했다.

바로 종표에 대한 사실을 아는 왕비, 왕자, 장로들이었다.

그들은 인정할 수 없었다. 납득해서도 안 됐다. 그토록 갈망하던 왕의 자리를 갑자기 굴러온 돌인 바에튼에게 넘겨주다니.

절대 받아들일 수 없는 일이었다.

하지만 현왕이 자신의 결정을 번복할 리가 없었다.

알고 있었다, 그는 핏줄에 흔들리는 인물이 아니란 사실을. 또한, 그 핏줄을 달가워하지 않는다는 점도.

그렇다면 주어진 선택권은 단 하나였다.

물론 그 이후에도 문제점이 존재했다. 빼앗은 왕권을 누가 가지냐는 것이다.

장로들은 욕심을 버렸기에 후보는 둘이었다. 1왕자와 2왕자.

즉, 반란을 성공시킨다고 할지라도 크나큰 전쟁을 치러야 할 판이었다.

그렇지만 공동의 적과 목표를 두고 있기에 그 점은 일단 배제하기로 결정됐다. 당장 코앞에 들이닥친 불을 함께 꺼야 했기에.

결심과 함께 모두는 자신들의 세력에 은밀히 뜻을 전했다.

물론 확실히 믿을 수 있는 이들에 한해서였으며, 왕궁은 아무런 눈치를 채지 못했는지 별다른 변화가 없었다.

"시작하지."

베부드가 시간을 확인하더니 얘기했다.

그의 곁에는 두 장로가 함께 서 있었으며, 뒤편에는 언뜻 수를 세어도 1,000명에 가까운 수많은 초인족들이 있었다.

물론, 실력자들을 추려낸다면 그 수는 대폭 줄어들겠지만 이 정도만 해도 힘 대 힘으로도 맞부딪칠 수 있는 숫자였다.

왕궁에 뛰어난 실력자들이 많다고는 하지만 갑작스러운 기습이었기 때문이다.

하나 완벽하게 하기 위해서 저녁을 위한 요리에 무색무취의 가루를 넣었다.

그 가루를 먹게 된다면 깊은 잠에 빠지게 된다. 죽어도 모를 정도로 말이다.

그렇기에 반란의 측근들은 저녁을 먹지 않거나 그 시간에 자리를 비웠으며, 약효는 이미 나타나고 있었다.

보초를 서던 이들이 모두 잠들었고, 안에 상황을 전달받은 결과 대부분의 이들 또한 깊은 잠에 빠져 있다고 했다.

"문을 열어라."

베부드가 마법 통신구를 이용해 자신과 손을 잡은 귀족에게 전했다. 왕궁 밖뿐만 아니라 안에서도 이미 모두가 집결한 상태였다.

끼이익!

거대한 성문이 열리기 시작하자 베부드와 장로들을 필두로 한 반란자들은 힘찬 걸음으로 전진했다.

왕비와 왕자들은 안전을 위해 참석하지 않았다.

한데 안으로 들어간 베부드의 얼굴이 굳는 데는 오랜 시간이 걸리지 않았다.

문을 열어준 병사들과 귀족 몇이 왠지 모르게 딱딱하게 굳은 상태라 느꼈는데, 갑자기 고개를 돌리며 미안하다고 외치는 것이 아닌가.

"무슨……."

베부드가 채 말을 끝내기도 전이었다.

어둡던 세상이 환하게 밝혀지더니 거대한 함성이 귀에 파고들었다.

"네, 네놈은……."

그리고 한 남자가 몇 걸음 앞서 나왔는데 다름 아닌 바에튼이었다.

"꼭 이래야 했는가."

바에튼이 씁쓸한 얼굴로 물었지만 베부드는 아무런 대답을 하지 않았다.

'젠장, 젠장!'

그는 속으로 욕설을 내뱉으며 인상을 일그러뜨렸다.

자신들은 마치 우리 안에 갇힌 것처럼 포위된 상황이었는데, 그 수가 만만치 않았다.

숫자만으로 따질 경우 여전히 우세였지만 문제는 실력 차이가 존재한다는 것이다.

'실력이 수를 압도한다.'

장로인 그가 자신들을 향해 살기를 내뿜고 있는 신하들을 모를 리 없었다.

마치 모든 것을 알고 사전에 준비가 다 되었던 듯 왕궁 수비대까지 집결해 있었다.

왕궁 수비대가 어제 임무를 맡아 떠났고, 돌아오는 데 최소 며칠이 걸린다는 소식을 접했기에 오늘로 결정한 것이었는데.

"도대체 어떻게 된 것이지?"

베부드가 어금니를 꽉 깨물며 물었다. 납득이 되지 않았다.

반란을 예상할 수는 있었겠지만 그게 오늘이란 사실을 어찌 알았을까.

왕궁 수비대가 본심을 드러내기 위한 흑막이었다 할지라도, 오늘이라는 확신은 할 수 없었을 것이다.

그뿐 아니라 분명 대부분이 잠들어 있다는 얘기를 전해 들었었다.

그가 자신한테 거짓말을 할 이유가 없는데, 설마…….

"미안하게 됐소."

"네, 네놈이……."

베부드의 얼굴이 급격하게 일그러졌다.

바에튼의 뒤에 서 있다가 얼굴을 드러낸 이는 자신에게 내부 상황을 전달해 주던 귀족이었다.

"네가 배신을!"

"배신은 네놈들이 먼저겠지."

그때 왕궁 입구에서 들리는 우렁찬 목소리에 모두의 시선이 그곳으로 향했다.

"크으윽."

그 목소리의 주인공은 베부드도 잘 알고 있었다. 자신에게 치욕을 안겼던 벨케라는 놈!

그 벨케의 곁에는 초인의 증표를 얻은 시드가 자리하고 있었으며 현왕과 시종장도 함께 걸어오고 있었다.

그리고 에스를 비롯한 크라운의 간부들도 모두 모인 상태였다.

만약을 대비해 크라운의 이들은 모두 가면으로 얼굴을 가린 채였다.

'절망적이군.'

마음이 급하다 보니 배신자도 알아차리지 못하고 적이 던진 미끼를 너무 성급하게 물었다.

한데, 저놈들까지 있을 줄은 몰랐다.

저들의 실력이라면 격차는 더욱 벌어질 테다.

"언제부터였지?"

베부드가 배신한 귀족을 노려보며 묻자 그는 시선과 대답을 회피하며 뒤로 물러섰고, 벨케가 대신 대답했다.

"너희들은 알 수 없었겠지만 증표를 얻은 이후 왕궁을 비롯해 너희들의 저택에서 나오는 모든 얘기를 듣고 있었지."

"어, 어찌……."

벨케는 차갑게 웃을 뿐 그의 의문을 해소시켜 주지는 않았다.

이번 일에는 에스를 비롯해 블스와 니콜 등 전 검은 달의 살수들 역시 큰 도움을 줬다.

"그 후에는 간단해. 네놈이 믿고 있는 저 녀석을 찾아가 정보를 얻게 됐지. 물론 처음부터 순순히 진실을 밝히고 협조한 건 아냐. 그러면 왜? 그 이유는 곧 알게 될 거야. 네놈 역시 숨기는 거 없이 털어놓게 될 테니."

벨케의 눈빛이 차가워졌다. 베부드는 저도 모르게 몸을 움

츠렸다.

마치 그의 손아귀가 목덜미를 와락! 움켜쥐는 듯했다.

"달아날 생각은 하지 마라. 이미 고대의 마법이 펼쳐졌으니, 마법이나 이동 주문서로도 벗어날 수 없다."

만약을 대비해 챙겨온 품속의 이동 주문서를 떠올리던 베부드가 부릅떠진 두 눈으로 주위를 둘러봤다.

왕궁 전체를 붉은빛이 감싸고 있었다.

그리고 왕의 곁에 서 있던 작은 소녀가 마녀처럼 모습이 변해 있었다. 마탈 급의 마나를 내뿜으면서 말이다.

"이, 이런……."

"도대체 어떻게 된 거야!"

"우리 죽는 거야?"

"새로운 기회를 주겠다더니……."

반란자들에게서 두려움의 목소리가 터져 나왔다.

하나 그럼에도 세 명의 장로는 그들을 위협하거나 격려하는 말도 할 수 없었다. 그토록 최악의 상황에 대면했기에.

"너희들에게 이제 기회는 없다."

"물러설 곳도 없지."

쥐도 도망갈 구멍이 없으면 문다고 했다.

베부드와 반란자들에게 지금이 딱 그 상황이었다.

확신하던 승리는 패배로 뒤바뀌게 됐고 달아날 희망조차 존재하지 않았다.

싸우다 죽으나 저들에게 붙잡히나 결과는 똑같았다. 반란에

용서는 없을 테니까.

"호오, 해보겠다는 건가?"

벨케가 재미있다는 듯 미소를 짓는 순간 그의 전신에서 폭발적인 마나가 터져 나왔다.

그 힘과 살기가 어느 정도인지, 적이 아닌 같은 편에 서 있는 초인족조차 두려움을 느낄 정도였다.

"원한다면 얼마든지 상대해 주지."

벨케의 그 얘기와 함께 크라운의 모두 역시 마나를 끌어올렸다.

"쿨럭, 그만!"

일촉즉발의 상황, 그 흐름을 깬 것은 다름 아닌 현왕이었다.

그는 시종장이 이끄는 바퀴 달린 의자에 앉아 그들의 곁으로 다가왔다.

"자네였나."

현왕이 고개를 돌리지도 않은 채 물었다.

그리고 대답은 마주 보고 있는 바에튼이 아닌 옆에 서 있는 벨케에게서 나왔다.

"아셨군요."

"자네의 기운을 어찌 잊을 수 있겠는가, 쿨럭."

바에튼을 제외한 모두는 어리둥절한 표정이 되어 현왕과 가면을 쓰고 있는 벨케를 번갈아 쳐다봤다.

"돌아올 마음이 없는 것인가……."

"제가 돌아갈 곳이 없었다면 모르겠지만, 이제는 찾았습니다."

"그런가… 쿨럭."

"네. 이들이 제가 돌아갈 곳입니다."

벨케가 시드를 비롯한 크라운을 쳐다봤다. 그 눈에는 진심이 담겨 있었으며, 모두는 서로를 마주 보며 미소지었다.

벨케가 이토록 다른 이들 앞에서 마음을 연 적은 거의 없었다.

그만큼 시드와 크라운에게 애정이 생겼다는 뜻일 수도 있으며, 눈앞에 있는 현왕으로 인해서일지도 모른다.

"따스하군……."

벨케가 마나를 불어넣어 주자 현왕이 기분 좋다는 듯 말했다.

그 기운 덕분일까. 잠시이겠지만 현왕의 혈색이 조금 좋아지기 시작했다.

"어떤가. 적으로 맞서겠는가?"

더 이상 병색이 짙은 모습이 아닌 위엄이 서린 목소리로 현왕이 묻자 장로들과 다른 귀족들, 그리고 그들의 신하는 주춤거렸다.

"분명히 다짐하겠네. 지금 물러서는 자들의 목숨은 지켜줄 것이다. 단, 그렇지 않는다면… 죽는다."

'저 모습이 원래 현왕의 모습인가?

현왕의 옆모습을 지켜보며 시드는 역시 호랑이는 이빨이 빠져도 호랑이란 사실을 느낄 수 있었다.

그러면서 한편으로 바에튼의 모습을 상상해 봤다.

현왕과는 전혀 다른 분위기의 그가 보였다. 그 모습이 싫지 않았다.

현왕의 얘기가 끝나자 많은 초인족들이 웅성거리기 시작했다.

그들도 느낄 수 있었다. 지금 자신들의 전력으로는 왕궁 수비대를 포함한 왕의 세력에게 승리하기 힘들다는 사실을.

그뿐 아니라 처음 보는 이들의 전력도 만만치 않았다.

그중에서 마탈 급의 실력자만 셋이었다. 4대 왕국에서나 보유할 수 있는 마탈 급의 수였다.

"나, 나는 살겠어."

"나도, 나도!"

"이렇게 죽을 수는 없어!"

"죄송합니다!"

한 명이 빠지자 흐름은 급물살을 타기 시작했다.

그중에는 애초에 반란을 원치 않았던 이들도 많았다. 하나 주군의 명이기에 따른 경우였다.

그리고 아직 고민하는 이들 중에서도 주군을 배신한다는 점이 망설여져서이지, 그들과 같은 의견인 것은 아니었다.

물론 반란을 꿈꿨으나 살고 싶어 빠져나온 이들도 있었다.

"어쩌겠는가."

잠시의 시간이 지났을 뿐이지만, 반란군의 절반 정도가 이

탈해 버렸다.

이제는 부딪쳐 봐야 죽음만이 기다리고 있다는 사실을 누구나 뼈저리게 느낄 수 있는 현실이었다.

"요, 용서해 주실 것입니까?"

한 귀족이 무릎을 꿇고 머리를 땅에 박으며 현왕을 향해 외쳤다. 하나, 그를 바라보는 현왕의 눈빛은 싸늘했다.

"내가 저들의 목숨을 살려주는 건… 위로는 내가 있으나, 바로 눈앞에 자네들이란 주군이 있기 때문이네. 그러나 자네들의 주군은 나이며, 위로도 내가 있을 뿐이야. 자네들은 그런 나를 저버린 이들이다. 그대들에게 용서란 없다."

살살 구슬려 따로 처치하면 손쉬운 일이었다. 그렇지만 현왕은 요행을 바라지 않았다.

도발을 해도 반란군들이 무력할 수밖에 없다는 사실 때문이 아닌, 그의 성격이 원래 그러했기 때문이다.

"어쩌겠는가."

현왕이 재차 얘기했다. 그의 안색이 점점 나빠지기 시작했다.

벨케의 마나로도 아주 짧은 시간밖에 기운을 차릴 수 없는 상태였다.

"결국… 이렇게 끝이 나는군."

한 장로가 힘없이 중얼거리며 바닥에 주저앉았다. 다리에 힘이 풀려서 더 이상 서 있을 수가 없었다.

부풀고 부풀던 풍선이 한계를 모르고 너무 부풀어 스스로

터진 것 같은 기분이었다.

"이대로, 이대로 물러설 수 없다!"

그렇지만 베부드는 끝까지 현실을 받아들일 수 없었다.

이런 곳에서 이토록 허무하게 무너지려고 그토록 치열히 살아오지 않았다.

파지직!

그의 전신에서 강렬한 마나가 휘몰아쳤다. 변신과 함께 마탈 급의 힘을 내뿜은 탓이다.

벨케는 뒤를 힐끔 쳐다봤다. 프리야는 기운없이 쓰러져 있는 에스를 돌보느라 전투를 할 상황이 아닌 듯했다.

만약 그렇지 않았다면 자신이 나서겠다고 했을 텐데 말이다.

"내가 끝내주지."

벨케가 흡족한 얼굴로 한 걸음 앞으로 나섰다.

어차피 바에튼의 신하들을 죽이고 시드를 죽일 뻔했던 놈들을 용서할 마음은 없었다.

그리고 베부드는 그중의 한 명이었다.

"크아악!"

베부드가 두려움을 잊기 위해서인지 벨케가 나서자마자 달려들었다.

그와 함께 벨케의 차가운 눈길이 그에게 닿았다.

"으윽, 으아악!"

실력의 격차로 인해 정당한 대결이라 볼 수 없을 정도의 일 방적인 학살이었다.

벨케는 무심한 눈길로 고통과 분노에 괴로워하고 있는 베부드에게 다가가 한쪽 팔을 힘주어 잡았다.

"벨케님……."

시드는 저도 모르게 중얼거렸다. 왠지 모를 오싹함이 느껴진 탓이다. 그와 함께 소름끼치는 소리가 모두의 귀에 들렸다.

찌지직!

"크, 크어억."

베부드의 오른쪽 팔이 종이 찢어지듯 몸에서 떨어져 나왔다.

휘익! 털썩.

벨케가 그 팔을 반란을 일으킨 귀족들이 서 있는 곳으로 던졌다.

그러자 귀족들은 넋이 나간 얼굴로 그 팔을 멍하니 쳐다봤다.

베부드는 초인족들 중에서도 손에 꼽히는 마탈 급의 강자였다.

그런 베부드가 상처 하나 입히지 못한 채 죽기 직전의 몰골이 되어버렸다.

도대체 그 누가 있어 이토록 강할 수 있단 말인가. 이 정도의 압도적인 이라면 단 한 명밖에 존재하지 않았다.

"베… 벨라케……."

한 장로의 중얼거림과 함께 벨라케란 이름이 여기저기서 터져 나왔다. 하지만 벨케는 망설임없이 비웃었다.

"그런 자도 있었지."

여기까지 온 이상 정체를 숨길 필요도 없었다. 이미 귀찮은 삶이 되어버렸으니까.

그러나 새로운 적에게 자신이 마르트 왕국과 연관있다는 사실을 알릴 필요성은 느끼지 못했다.

만약 자신의 정체가 밝혀지고 소문이 난다면 분명 아폴레와 리스네도 알게 될 터였다.

그럴 경우, 그녀들은 당연히 시드와 자신이 마르트 왕국의 힘을 사용할 수 있다고 추측할 것이고 말이다.

마르트 왕국의 힘은 비장의 무기가 될 것이었다.

굳이 미리 전력을 드러내고, 그들을 긴장하게 만들고 싶지 않았다.

"그리고 나는 그자를 넘어선 자다."

'그러시겠죠…….'

이 와중에 엄지손가락을 치켜세우며 뿌듯해하는 벨케를 보며 시드는 실소를 흘렸다.

하지만 진실을 모르는 이들은 경악을 금치 못했다.

그 전설이라 불리는 벨라케를 이겼다니? 지금의 실력을 보면 거짓말도 아닌 것 같았다.

더군다나 벨라케를 신하로 둔 적이 있던 현왕 역시 아무런 말을 하지 않는 것이 무언의 긍정처럼 느껴졌다.

“자, 이제 말해볼까.”

“무엇을 말이냐?”

“그날… 주모자들이 누구냐.”

벨케가 뒤에 서 있는 장로들과 귀족들을 노려보며 가라앉은 목소리로 물었다.

그 눈이 마주친 장로들은 도망치고 싶은 심정이었다.

그러나 왕궁 수비대가 밖으로 나갈 수 있는 입구를 막고 있었다.

“무슨 소리인지…….”

“밤은 길다.”

벨케는 그 말과 함께 베부드의 남은 팔을 마저 찢어버렸다.

찌이익! 투투툭!

괴이한 소리와 함께 피가 솟구치더니 지면을 붉게 적셨다.

“어차피 죽일 것 아니냐. 죽여라!”

“물론 어차피 죽이지. 네놈들은 분명 불씨가 될 테니까. 다만, 그 계획에 참여된 이들은 곱게 죽이진 않는다. 살아 있는 것을 후회하게 만들고… 죽여달라고 애걸하도록 만들 것이다.”

말속에 섞인 그의 살기가 진심이라는 것을 전해줬다.

시드는 그런 벨케를 씁쓸하게 쳐다봤다. 사람을 죽이는 것을 원하지는 않지만, 그들에게는 그들의 방식이 존재하는 법이다.

벨케의 말처럼 살려둘 경우 앙심을 품고 언제 다시 마주칠지 모르는 불씨였다. 괜한 적을 만들 필요가 없었다.

아폴레와 리스네만으로도 벅차니까.

더불어 앞으로 마르트를 이끌어갈 바에튼을 위해서라도 확실한 것이 좋았다.

시드는 자신이 나설 자리가 아니라 판단하며 말없이 그의 뒷모습을 바라봤다.

"그러면 더욱더 말할 수 없지."

베부드가 거칠어지는 호흡으로 중얼거렸다.

피를 너무 흘려 정신이 혼미해질 지경이었다. 그러면서 한편으로는 자신의 아들인 베라데가 이곳에 오지 않은 사실을 다행이라 여겼다.

혈육에 정이 없다고 믿어온 자신이지만 걱정이 되는 것은 어쩔 수 없었다.

"말하지 않아도 된다."

벨케가 그 말과 함께 시종장에게 다가가 무언가 얘기했다.

그러자 곧 그들의 곁으로 라탈 급의 실력을 갖춘 마법사가 나타나더니 베부드를 치료하기 시작했다.

물론 회복시키지는 않았다. 단지 죽지 않게만 할 정도였다.

"네 수명이 다하는 날까지 얘기하지 않아도 된다. 너는 절대 죽지 않을 테니까. 지옥, 살아서 미리 경험해라."

벨케의 의도를 알아차린 베부드의 얼굴이 사색이 됐다.

즉, 자연사할 때까지 고문과 치료를 반복하겠다는 것이다.

몇 년이든, 몇십 년이든!

"이런 미친……."

"이빨을 먼저 뽑아야겠군. 혀를 깨물지 않도록."

우드득, 우드득!

"아아… 아아악!"

"이제 시작일 뿐이다. 즐겨보자꾸나."

그 말을 하는 벨케의 손에는 베부드의 치아가 모두 뽑혀져 있었다.

그날 새벽 반란을 꿈꿨던 그들의 욕망은 하루아침에 물거품이 되어 끝나고 말았다.

더불어 베부드는 결국 자백을 했고, 그로 인해 1, 2왕비와 1, 2왕자가 체포되는 사건이 발생했다.

바에튼과의 일에 반란까지 도모했으니 아무리 왕족이라 할지라도 한계가 존재하는 법이었다.

또한 현왕이 핏줄에 연연하는 인물도 아니었고 말이다.

그들과 함께 그날 반란에 참가했던 귀족들은 모든 재산과 사유지를 압수당하고 처형을 받았고, 그들의 신하들은 목숨을 구제받은 대신 왕궁을 떠나야 했다.

그리고 일주일이 더 지난 뒤.

드디어 현왕은 많은 마르트 인들 앞에서 왕위에 관한 공식 발표를 하게 됐다.

원래는 그 일이 있은 삼 일 뒤에 하려 했지만 왕비와 왕자,

장로들과 여러 귀족의 처형이 있었는지라 시일을 미룬 것이다.

발표가 끝나자 처음에는 많은 소란이 있었다.

바에튼은 전혀 예상치 못한 인물이었기 때문이다.

하지만 현왕이 결정 내린 것이었으며, 그 말고는 현재 왕의 자리를 차지할 이도 없었다.

더불어 초인의 증표를 얻었다는 사실을 전해주자 그 누구도 바에튼이 왕이 되는 데 이의를 달지 않았다.

초인의 증표란 그만큼 얻기 힘든 많은 초인족들에게 위대한 증표이니까.

"오랜만인 것 같아."

그 시각 벨케는 계곡을 바라보고 있었다.

그곳은 바로 시드와 처음 만났고, 그가 오랫동안 떠나지 않던 장소였다.

"잘 있었어……?"

맞은편 바위에 앉은 벨케는 세상 그 누구보다 따스한 표정으로 누군가를 떠올리며 독백했다.

대답은 들려오지 않았지만 그는 쉬지 않고 계속 혼잣말을 했다. 이곳을 떠나서 어떤 일들이 있었고, 앞으로의 계획까지도.

"아참, 바에튼이 마르트의 왕이 돼. 놀랍지? 그 바에튼이 말이야. 에리엘, 보고 싶어……."

그 말을 끝으로 벨케는 한참 동안 입을 다물었다.

단지 하염없이 계곡을 쳐다보며 지난 시간을 돌이켜 봤다.

당시 벨케는 그 누구도 위협하지 못하는 절대적인 존재였다.

세상 모두를 지배할 수 있을 법한 실력과 거침없는 성격으로 왕의 총애를 받음은 물론 많은 이들이 따르기도 했다.

하지만 빛나도 너무 빛난 게 탈이었다.

그를 시기하는 적들에 의해 연인이었던 에리엘이 납치당했다.

그 누구도 쓰러뜨릴 수 없을 것 같던 벨케의 유일한 약점이었기 때문이다.

그리고 그들과 대면한 벨케는, 적들이 원하는 대로 반격조차 하지 않으며 일방적으로 당했다.

전신에 상처가 생기고 살이 찢어지며 피가 흘렀다.

하지만 절대 포기하지 않았다. 그는 에리엘을 살리기 위해 대신 죽으려고 온 것이 아닌, 함께 돌아가기 위해 온 것이었다.

만약 죽게 된다면 에리엘이 설령 풀려난다 할지라도 행복할 수 없을 테니까.

그래서 끔찍한 통증 속에서도 의식을 놓지 않으며 빈틈을 찾았는데, 드디어 그 기회를 찾았다.

에리엘의 새하얀 목에 단검으로 위협하고 있던 적이 옆에 있던 동료와 딴 짓을 하기 시작한 것이다.

자칫 잘못하면 더욱 위험해질 수 있었지만 벨케는 자신의 능력을 믿었다.

자신이라면 그가 채 알아차리기도 전에 에리엘을 되찾을 수 있을 것 같았다.

더군다나 더 이상 지체된다면 에리엘이 풀려난다 해도 자신이 죽을 처지였다.

고용된 듯한 적들의 실력이 뛰어난 편이었고, 자신의 부상은 위험 수준에 이르렀으니.

결심과 함께 벨케는 마나를 폭발시켜 살아오며 그 어떤 때보다도 빠르게 달려들었다.

그와 함께 적은 다급히 고개를 돌렸고, 벨케의 손이 적의 복부에 닿기 직전 끔찍한 소리가 울려 퍼졌다.

푸우욱!

벨케의 움직임이 멈췄다. 적의 배를 집어삼킬 듯 뻗어졌던 주먹 역시 정지했다.

두근두근.

심장이 빠르게 뛰는 것을 느끼며 벨케는 천천히 고개를 돌렸다.

그곳에는 에리엘이 바닥에 쓰러져 자신을 올려다보고 있었다.

새하얀 목에서 붉디붉은 피가 끊임없이 흘렀지만, 커다란 두 눈동자에 눈물이 가득 고였지만, 그녀는 세상 그 누구보다 행복한 미소를 지으며 바라보고 있었다.

그녀의 눈동자가 속삭였다.

당신의 잘못이 아니에요. 그런 표정 짓지 마세요.

곧 그녀의 두 눈은 저문 미소와 함께 감겼다.

"으아아악!!"

울부짖음이었다.

마치 마지막 목숨을 불태우는 듯한 짐승의 처절한 울부짖음에 벨케를 제외한 그 누구도 숨 쉬지 못했다.

혼이 나간 사람처럼 비틀거리며 먼 곳을 바라보는 듯한 눈동자의 벨케는 에리엘을 품에 안았다.

투욱.

그런 에리엘의 얼굴에 피가 섞인 벨케의 눈물이 떨어졌다.

으드득.

벨케는 이가 부서지도록 갈았다.

자신 때문이었다. 자신의 실력을 너무 믿지 않았더라면, 조금 더 참고 기회를 노렸더라면…….

잠시 후, 벨케는 에리엘의 시신과 함께 그곳을 벗어났다.

며칠이 지났다. 벨케가 찾아간 곳은 당시 장로였던 한 명의 저택이었다.

그들을 죽이기 전에 알아낼 수 있었다, 배후가 누구인지를.

"죽이고 싶지 않다. 막지 마라……."

자신을 막아서는 그의 신하들을 향해 벨케는 경고했다. 아니, 진심 어린 부탁이었다.

벨케가 원했던 것은 왕의 총애를 빼앗기는 게 두려워 이런 일을 벌인 어리석은 장로일 뿐이었다.

벨케의 마음을 알아줬을까?

그와 안면이 있고, 성품을 잘 아는 이들은 맞서지 않으며 옆
으로 물러섰다.

하지만 일부는 장로의 명에 의해 벨케와 맞섰으며 그들은
모두 시체가 되어 저택을 물들였다.

분노, 증오, 슬픔. 끝없이 짙고 끔찍한 감정들이 머릿속을
지배하고 있었다.

힘을 조절할 수도 없었기에 자신을 막아서는 이는 가차없이
베어버렸다.

그리고 장로의 목마저 베어버린 후 벨케는 왕을 찾아가 말
했다, 자신을 찾지 말라고.

그날 이후 벨케는 자취를 감췄다.

"그런데 그놈을 만나면서 변화가 생겼어. 즐겁다고 할까?"

시원한 계곡 소리를 들으며 벨케는 시드를 떠올렸다.

만약 그녀가 살아 있었다면 많이 사랑해 줬을 것 같았다. 시
드 역시 그녀를 잘 따랐을 테고.

"다음에 같이 올게."

그 말과 함께 자리에서 일어선 벨케는 한참이나 더 계곡을
바라보다가 발길을 돌렸다.

시드와 에리엘이 자신의 곁에서 함께 웃는 모습을 상상하
며.

"대회가 있다."

"대회요?"

현왕의 발표가 있은 지 이틀 뒤, 벨케의 얘기에 시드가 호기심 어린 얼굴로 되물었다.

"그래. 소울이라는 호칭을 알고 있냐?"

"네. 그 뭐지, 여튼 10년에 한 번 펼쳐지는 대회에서 우승하는 자에게 붙여지는 호칭이 아닌가요?"

참가하거나 본 적은 없지만 들어보기는 했다.

"그래. 대륙의 대회라 불리는 그 대회는 4대 왕국의 동맹이 형성되면서 만들어졌다. 10년에 한 번 각 대륙에서 실력자들을 뽑아 우승자를 가리기로 한 것이지. 축제의 의미가 큰 대회라고 보면 된다. 하지만 마르트 왕국은 그 대회에 참석하지 않아 사실상 3대 왕국의 대회였었다."

벨케가 차로 목을 적시더니 재차 얘기했다.

"그런데 두 달 뒤로 다가온 대회에는 바에튼의 의견으로 인해 마르트 왕국도 참석하기로 했다는구나."

"정말요?"

"그래. 그로 인해 한 달 뒤에 마르트 왕국에서도 대회가 열린다. 대륙의 대회에 참가할 실력자 여덟 명을 선택하기 위해서이지. 어때, 너도 나가보겠냐?"

시드는 흥미로운 얼굴로 잠시 고민했다.

그런 대회에 나가본 적이 없어서 꼭 한 번 출전하고 싶었다.

더군다나 여덟 명에 뽑히면 4대 왕국의 모든 실력자들과 맞붙을 수도 있지 않은가.

하지만 문제는 리스네와 아폴레 또한 분명 리샤르의 대표로 참석할 것이며, 자신을 알아볼 수 있다는 것이었다.

'아, 맞다!'

그때 시드는 새끼손가락을 쳐다봤다. 그곳에는 투명한 반지가 끼어져 있었다. 파츤이 준 반지였다.

이 반지라면 그들이라 할지라도 자신의 정체를 알 수 없을 것이다. 그들이 기억하고 있는 기술만 쓰지 않는다면.

"알겠습니다. 참석할게요. 그런데 벨케님."

"왜?"

"파츤님에게 가서 수련을 할 수 없을까요?"

그 세계와 이 세계의 시간의 흐름은 대단히 큰 차이가 존재했다. 그렇기에 파츤에게 가서 수련을 한다면 큰 도움이 될 듯했다.

한데 벨케가 고개를 저었다.

"한 번 들어갔다가 나온 이는 다신 들어갈 수 없다."

"어째서죠?"

"그거야 나도 모르지. 증표를 얻은 이후 너와 같은 생각을 했었는데 안 되더군. 아무래도 그 영감탱이가 거부하는 것 같다. 정당하게 힘을 키우라는 것인지도."

"아… 그렇군요."

내심 기대를 했었기에 시드는 아쉬움을 느꼈다.

"아참, 제 몸을 한번 봐주시겠어요?"

"나… 남자 취미 없는데……?"

'저도 취미 없습니다만!'

정색하며 뒤로 물러서는 벨케로 인해 시드는 실소를 흘리며
파츤이 해줬던 말을 들려줬다.

분명 파츤은 몸에 선물을 줬다고 했다. 하나 마나를 움직여
봐도 특별히 달라진 점이 없었다.

그러다 도달한 결론이 혹시 후유증이 아닐까였다.

그로 인해 시드는 결심을 굳히며 한번 15분 동안 실험을 한
적이 있었다.

시간이 가까워질수록 불안하기도 했지만 혹시나 하는 마음
에 15분을 넘기게 됐다.

그리고 제자리에서 펄쩍펄쩍 뛰며 기뻐했다.

아무런 통증이 없었고 내부에 문제도 발생하지 않았다. 마
나 역시 막힘없이 사용할 수 있었다.

오랜 시간 괴롭혀 온 시한부 제한이 드디어 사라지게 된 것
이었다.

"정말이냐?"

벨케의 눈동자에 놀라움이 서렸다.

"네. 그래서 확인을 부탁드리고 싶어서요."

벨케는 처음 만났을 때 후유증을 알아차렸고 시간을 늘려줬
었다. 그렇기에 사라졌는지도 알 수 있으리라.

"설마 그 영감이 해냈을 리가."

천재인 자신조차 시간을 늘려주는 게 한계였는데!

벨케는 긴가민가한 표정으로 시드의 몸 상태를 확인하기 시
작했다.

잠시 후, 손을 뗀 벨케는 어두운 표정으로 고개를 저었다.

시드는 예상치 못한 그의 태도에 미간이 찌푸려졌다. 분명 힘을 써도 문제가 없어서 나은 것이라 믿었는데…….

"아쉽게도 완벽하게 사라지지 않았다. 언제 다시 발작할지 모르는 상태라고 보면 된다. 미안하구나."

"……."

시드는 씁쓸함을 감추지 못한 채 숨을 길게 내쉬었다.

기대가 컸었던 만큼 실망감도 이루 표현할 수 없을 정도로 컸다. 드디어 벗어날 수 있을 줄 알았는데…….

"시드야."

"네……."

위로해 주기 위함일까. 벨케가 진지한 얼굴로 시드를 부르더니 말했다.

"뻥이다."

"예?"

"하하! 이놈 봐라? 아주 툭 치면 울겠구만? 이야, 영감이 어떻게 한 거지? 정말로 없어지다니. 이런 건 들어본 적도 없는데."

"지, 진짜죠?"

시드가 믿지 못하겠다는 듯 되묻자 벨케가 힘차게 고개를 끄덕였고, 시드는 환하게 웃으며 벨케의 품에 안겼다.

5년 만에 정상의 몸으로 돌아온 시드였다.

싱글벙글!

시드는 입이 귀에 걸릴 듯 웃고 있었다.

이미 몇 시간째라서 입이 아파올 만도 한데 시드는 개의치 않으며 열심히 웃었다.

그토록 자신을 곤란하고 위험하게 했던 후유증이 사라졌는데, 하루가 아닌 며칠이라도 웃어줄 수 있었다.

"그러다 새똥 처먹지."

"떨어지면 먹지 뭐! 으하하!"

우드의 내뱉는 말에도 구타가 아닌 웃음으로 받아준다.

그런 시드를 우드는 살금살금 피했다. 아무리 봐도 오늘 제정신이 아니었으며, 미친개는 마주치지 않는 게 상책!

"이제 슬슬 아파오는구나."

해가 질 때까지 쉬지 않고 웃던 시드는 어둠에 물든 바다를 쳐다보며 입의 근육을 풀었다. 그때 등 뒤에서 반가운 목소리가 들렸다.

"시드님, 뭐 하세요?"

"어? 시란 씨. 으하하!"

"오늘 하루 종일 웃고 계신다더니 정말이네? 무슨 좋은 일 있으세요?"

"네. 아주 좋은 일이 있습니다."

"어머? 무슨 일이에요?"

시란이 호기심 가득하게 묻자 설명을 해주려던 시드는 그녀가 먹고 있는 꼬치를 발견했다.

안 그래도 출출해서인지 꼬치의 향기가 더욱 식욕을 돋웠다.

"하나 드실래요?"

"고맙습니다."

시드의 눈이 꼬치에 머무르고 있다는 사실을 파악한 시란이 한 개를 내밀자 시드는 서둘러 입 안에 넣었다.

그리고 오늘 처음으로 입가에서 웃음이 지워졌다.

'아, 암살인가!

혀가 감각이 없어질 정도의 강한 향신료와 끔찍한 맛!

"혹시, 아이니 누나가 만든?"

"맞아요!"

"……"

자꾸만 시란의 청순하고 예쁜 외모에 그녀가 초인족이라는 사실을 잊어먹었다. 초인족들이 좋아하는 요리의 대부분이 아이니가 만든 것인데!

"그런데 좋은 일이 뭐예요?"

"아, 그게 말이죠."

시드는 자신의 후유증이 사라진 일에 대해 설명했다. 그러자 시란은 진심으로 기뻐하며 시드의 손을 마주 잡았다.

"정말 잘됐네요!"

"그렇죠?"

환하게 미소를 지으며 서로를 바라보는 시드와 시란.

그때야 손을 잡고 있다는 사실을 알아차리며 누가 먼저랄 것도 없이 손을 놓았다.

애써 딴 곳을 쳐다보는 시드와 시란의 사이에 잠시 정적이 흘렀다. 그리고 그 정적을 깬 것은 시란이었다.

"할아버지의 얘기 때문에 놀라셨죠?"

"하하, 놀라기는 했지만 저를 좋게 봐주시는 듯해서 좋았어요."

"어때요……?"

"뭐가요?"

시드가 의미를 파악하지 못하며 되묻자 시란은 붉어진 얼굴을 숙인 채 작은 목소리로 중얼거렸다.

"저는 시드님이라면… 좋은데……."

"……."

시드의 가슴이 빠르게 뛰기 시작했다.

시란의 얘기는 분명 고백이었으며, 자신 역시 시란에게 호감을 가지고 있었다. 하지만…….

'오빠……?

메리아는 시드를 찾으러 돌아다니다가 미친 듯이 웃으며 해변으로 갔다는 우드의 증언에 찾아왔다가 시드와 시란을 발견했다.

처음에는 몰래 다가가 놀래켜 줄 생각이었다.

하나 곧 들리는 시드의 진지한 얘기에 메리아는 발걸음을 멈추며 귀를 기울였다.

"어쩌면 시란님처럼 좋은 분 다시는 못 만날지도 몰라요. 그런데 말이죠……."

시드가 말끝을 흐리자 시란은 코끝이 찡해져 왔지만 애써 웃음꽃을 피웠다.

그가 무슨 말을 할지 알 것 같으니까, 그런 그가 미안해하지 않게 웃어주고 싶으니까.

"제 곁에 누군가가 있다면 메리아가 많이 슬퍼할 거예요. 그리고 전 눈물 흘리는 메리아를 보고 싶지 않아요. 세상 그 누구보다 그 아이를 기쁘게 해주고 싶거든요."

얘기를 마친 시드는 미안하단 눈길로 시란을 바라봤다.

그녀의 눈은 촉촉이 젖어 있었지만 여느 때처럼 다정하고 상냥한 웃음으로 오히려 자신은 괜찮다고 말해줬다.

"고마워요."

그 배려를 느낀 시드가 말하자 시란은 고개를 저으며 바다로 시선을 던지더니 말문을 열었다.

"좋아하죠?"

오빠, 동생으로서의 좋아함을 물어보는 것이 아니란 사실을 알고 있기에 쉽사리 대답이 나오지 않았다.

답을 몰라서가 아닌, 처음으로 얘기하는 것이기 때문이었다.

곧 시드는 수줍은 얼굴로 고개를 끄덕였다.

"네, 좋아합니다."

시란의 고백을 받으면서 시드는 가장 먼저 메리아가 떠올랐다.

시란이 자신의 곁에서 웃고 있을 때 울고 있을 메리아가 떠올랐고 시란과 함께 서로를 마주 볼 때 홀로 외로워할 메리아가 선명했다.

그리고 가슴의 외침을 들을 수 있었다.

자신은 메리아와 언제나 함께 웃으며 마주 보고 싶다고.

오빠, 동생이 아닌 연인으로서.

후다닥! 콰앙!

"왜그래?"

"히유?"

방으로 급하게 돌아온 메리아는 라인과 샤인에게 대답도 하지 못한 채 이불을 뒤집어썼다.

얼굴이 붉게 타오르고 가슴이 터질 듯이 두근거렸다. 머릿속에서 시드의 마지막 얘기가 자꾸 맴돌았다.

"네, 좋아합니다."

지이잉.

메리아의 눈시울이 뜨거워졌다.

시드를 오빠 이상으로 바라보게 된 지 오랜 시간이 흘렀다.

시드 역시 그 마음을 잘 알고 있었지만 거리가 좁혀지지 않았다.

시드에게 있어 자신은 언제나 동생일 뿐 그 이상도, 그 이하도 아니었다.

그래서 내심 시드의 곁에 다른 여자가 생긴다 할지라도 받아들여야 한다고 생각했었다.

물론, 감정은 변함없이 받아들이지 못했지만.

그런데 시드가 자신을 좋아한다고 말해줬다. 그것도 시란에게 말이다.

“……?”

“히유?”

라인과 샤인은 서로를 멀뚱히 쳐다봤다.

이불을 뒤집어쓰더니 혼자서 웃고 울고 난리가 나기 시작했다.

마치 미친 사람의 증세! 저럴 때는 혼자 두는 게 서로를 위해서 안전했다.

그런 라인과 샤인의 마음도 모른 채 메리아는 여전히 격한 감정의 기복에 시달리며 뒹굴었고, 그렇게 다음날 아침이 밝았다.

“헤헤헤!”

“뭐, 뭐냐.”

“오늘은 쟤가 저러네.”

밥을 먹고 있던 벨트라와 우드는 어이없다는 눈길로 메리아를 쳐다봤다.

어제는 하루 종일 시드가 미친놈처럼 웃고 다녔는데, 이제는 메리아였다.

무슨 기분 좋은 일이 있는지 귀가 입까지 걸려서 사방팔방에 웃음을 흩날렸다.

그뿐 아니라 밥을 먹다 말고 제자리에서 일어서더니 토끼처럼 깡충깡충 뛰기도 했다.

"메리아, 괜찮아?"

"어머! 트라이 아저씨!"

항상 까칠하게 대하던 트라이한테 마저 시드를 대하듯 반기는 저 태도!

"메리아……."

트라이는 치밀어오는 감격을 느끼며 글썽거렸다.

서러움의 나날이었다. 굳세게 닫혀 도저히 열리지 않는 문이었다. 그런데, 그런데…….

'드디어 메리아가 나를 사랑하게 됐구나!'

되도 않는 착각 강림!

트라이는 확실하다고 믿으며 메리아의 품으로 몸을 날렸다.

"메리아! 나의 키스를… 컥!"

우당탕!

트라이가 키스란 얘기를 꺼내자마자 메리아가 허리까지 뒤틀며 날리는 주먹 작렬! 그 와중에도 메리아는 여전히 생글생글 웃고 있었다.

주먹에는 트라이의 코피를 묻힌 채.

"오빠!"

밥을 먹다 말고 밖으로 나간 메리아는 해변 외곽에서 마나 호흡법을 하고 있던 시드를 찾았다.

앞으로 그곳에서 수련에 집중할 것이라고 모두에게 얘기한 탓이었다.

그 말의 의미는 자신을 언제든지 찾을 수 있도록 하기 위해 서이기도 했지만 다른 이유 없이는 집중을 방해하지 말아달라는 부탁이기도 했다.

"메리아?"

대회 전까지 악마의 마나를 자신의 것으로 만들기 위해 전념하기로 마음먹고 호흡을 하던 시드가 두 눈을 떴다.

눈앞에는 메리아가 어린아이처럼 환하게 웃고 있었다.

두근.

어제 시란에게 한 고백 탓일까. 시드는 괜스레 두근거림을 느꼈다.

"내가 방해한 거야?"

"아니야. 메리아는 언제든 방해해도 돼."

"정말?"

시드의 진심이 담긴 말에 메리아는 진심으로 기뻐하며 얼굴이 발그레졌다.

어제 들은 얘기가 계속해서 맴돌고 있었기에 시선을 마주치는 것만으로도 다리에 힘이 풀리는 기분이었다.

"아, 맞다! 오빠 이거."

메리아가 마법 주머니에서 무언가를 주섬주섬 꺼냈다.

식당에서 나오기 전에 아이니가 만들지 않은 찐빵을 챙겨온 것이었다.

아이니의 요리에 매일 학살을 당하다 보니 결국 크라운의 아줌마들이 나서서 같이 요리를 만들고 있었다.

그로 인해 요즘 식당에서는 그들의 신경전이 대단했다.

"오빠가 아침도 안 먹었을 것 같아서. 아이니 언니가 만든 거 아니니까 걱정 말고 먹어."

"그래. 고맙다."

살짝 허기를 느꼈던 시드는 기쁜 얼굴로 고기 찐빵을 한입 베어 물었다.

아이니가 만든 것이 아니라 그런지 유독 맛있게 느껴졌다. 그리고…….

'네가 곁에 있으니.'

무엇을 먹느냐가 아닌 누구와 먹느냐가 중요하다고 했다.

"저기, 오빠……."

"어?"

찐빵을 다 먹고 서로의 등을 맞대고 잠시 쉬고 있을 때였다. 메리아가 맑은 하늘을 바라보며 말문을 뗐다.

"나 오빠 좋아해."

갑작스럽게 꺼낸 말의 의미를 헤아리지 못한 시드가 아무런 대답이 없자 메리아는 부끄러움을 느끼면서도 계속 말했다.

"처음에는 나에게 오빠가 생겼다는 사실이 너무 좋았어. 그래서 친오빠처럼 느꼈고… 그 이상으로 오빠는 나를 챙겨줬었지. 고아원을 나와 여러 일을 겪으면서 점점 내 마음을 돌아보게 됐어. 왜냐하면 자꾸 질투가 났거든."

메리아가 그때 생각이 떠오르는지 혀를 내밀며 살짝 웃었다.

"우리 오빠인데, 내 오빠인데… 그 마음이 점점 내 것인데로 변하게 되고, 오빠를 누군가가 좋아해 주면 당연히 나도 좋아야 하는데… 그게 여자라면 싫고, 눈물이 날 것 같았어. 웃기도 많이 했고 울기도 많이 했어……. 그 눈물과 웃음이 얘기해 주더라고. 나를 이토록 행복하고, 슬프게 할 수 있는 사람은 오빠밖에 없다고."

시드는 입가에 웃음을 머금고 두 눈을 감은 채 메리아의 얘기를 끊지 않았다.

"그래서 확신했어. 나 오빠를… 사랑하고 있다는 사실을. 오빠."

"응?"

"나… 오빠 곁에 있고 싶어. 동생이 아닌 연인으로."

시드는 숨을 길게 내쉬었다. 심장에 쥐가 난 느낌이었다.

한편으로는 자신의 진실된 속마음을 모두 털어놓은 메리아에게 미안하기도 하며 고맙기도 했다.

"악마로 인해 지옥보다 지옥 같은 고통을 떠돌 때… 몇 번이나 죽음을 그리워했던 적이 있어. 차라리, 차라리 내가 숨을 멈출 테니… 이대로 날 쉬게 해달라고 말이지."

메리아의 손끝이 살짝 떨렸다.

“한데… 그럴 수 없었어. 한 아이가 나타났거든. 한 아이가 울고 있었거든. 그 아이를 혼자 두고 싶지 않았거든……”

메리아의 눈시울이 뜨거워졌다.

“그리고… 그 아이를 지켜주겠다고 결심했어. 곁에서 평생 동안.”

시드는 마지막으로 스스로에게 물어봤다. 후회하지 않겠냐고. 대답은 이미 정해져 있었다.

“기다리게 해서 미안해.”

시드는 그 말과 함께 맞댔던 등을 떼고 메리아의 뒷모습을 바라봤다.

메리아 역시 눈물을 멈추지 못한 채 천천히 고개를 돌렸고, 시드는 그런 메리아를 품에 안으며 입술을 맞췄다.

지금까지의 기다림을 위로하듯 오랫동안.

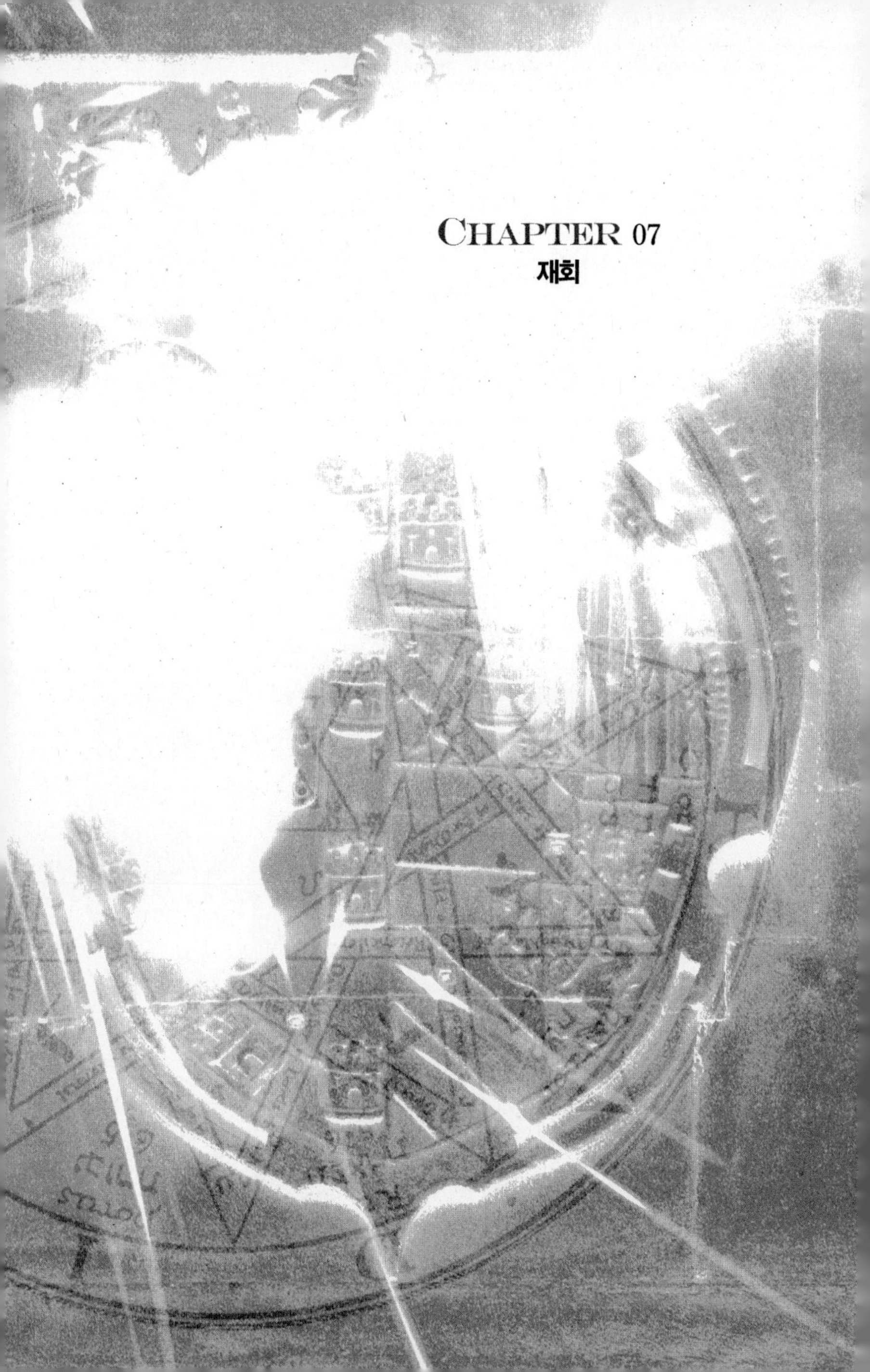

CHAPTER 07
재회

시간은 빠르게 흘러 어느덧 마르트 왕국의 대회를 3일 앞둔 시점.

절벽에 가까운 낭떠러지에서 수련을 하고 있던 시드는 누군가의 기척을 느끼며 고개를 돌렸다.

그곳에는 벨케가 하품을 길게 하며 걸어오고 있었다.

"어이, 새신랑?"

"언제까지 그렇게 부르실 겁니까?"

시드는 민망한 얼굴로 따지듯 물었다.

메리아와 입술을 맞춘 그날, 메리아를 위해서라도 숨기면 안 된다고 판단한 시드가 모두에게 얘기했다.

그러자 각가지 반응이 나왔었는데, 그때부터 벨케가 새신랑이라고 부르기 시작했다.

또한, 언제 혼인을 하고 첫날밤을 보내냐는 등 매일 짓궂은 질문을 해왔다.

"알았다. 싫다면 안 하도록 하지, 새신랑."

'네. 마음대로 부르세요.'

"마탈 급으로 돌아간 기분이 어떠냐?"

시드가 졌다는 듯 손사래를 치자 벨케가 짓궂은 웃음을 지우며 물어봤다.

아직 아무에게도 얘기하지 않았는데 그는 알아차리고 있었던 것이다.

"이제 시작인걸요."

아직도 시드의 몸속에는 거대한 기운이 존재하고 있었다. 마탈 급에 올랐지만 그 기운의 일부를 흡수한 정도였다.

"하하. 이제 건방도 대놓고 떠는군."

"으하하! 조만간 벨케님도 제 발아래… 컥!"

퍼억! 촤아악!

너무 흥을 낸 나머지 마음속 말까지 내뱉은 시드의 코에서 코피 작렬!

"그 조만간에 제대로 가르쳐야겠는걸?"

벨케가 음흉한 미소를 지으며 쏘아붙이자 시드는 다급히 고개를 저었다.

자신은 언젠가 소울 급이 될 위대한 몸이었지만 지금은 참아야 한다! 맞으면 더럽게 아프니까!

“오랜만에 몸이나 풀어보지.”

벨케가 그 말과 함께 자신의 거대한 검을 꺼냈다.

시드는 혹시나 또다시 구타 모드가 되는 건 아닐까 하며 움 찔했지만 진지한 그의 태도를 보니 아닌 듯했다.

현재의 실력을 점검해 주겠다는 뜻이었다.

‘좋아.’

시드는 망설이지 않으며 자신 역시 마법 주머니에서 검을 꺼냈는데, 이때까지 시드가 쓰던 검이 아니었다.

마탈 급만 사용할 수 있는, 다크 플루닉이 잠들어 있는 검이 었다.

“에? 다크 소드?”

“이 검을 아십니까?”

벨케가 깜짝 놀라며 묻자 오히려 당황스러운 것은 시드였 다.

“그래. 다크 플루닉이 잠들어 있는 다크 소드. 그걸 어찌 네 가?”

플루닉까지 알고 있다면 다른 검과 착각하는 것이 아니었 다.

“그게 말이죠.”

시드는 오우거를 닮은 주인 파레토의 가게를 찾아가고, 다 크 소드를 얻게 된 사정을 설명해 줬다.

“크큭. 그놈이 그랬단 말이지.”

“그놈? 혹시 파레토님도 알고 계십니까?”

"아아. 왕궁에 머무를 때 자주 만났었지. 지금도 어디에 있
는지 알고 말이야."

"정말입니까?"

시드의 얼굴에 반가움이 서렸다.

한 번 찾아갔었으나 그의 가게가 사라져 어디로 갔는지 알
수 있는 방법이 없었다. 한데 뜻밖에도 실마리를 잡을 수 있다
니.

"보고 싶은가 보군? 알겠다. 나를 쓰러뜨리면 알려주마."

'가르쳐 주지 않겠다는 뜻이잖아!'

아무리 마탈 급에 다시 이르렀다고 해도 벨케를 이길 수 있
기란 불가능했다.

"농담이다, 농담. 정색하기는. 한판 붙고 같이 가자."

"정말이죠?"

이어진 벨케의 말에 시드는 신난 아이처럼 기뻐하며 다크
소드에 마나를 불어넣었다.

"아직도 삐쳐 있냐?"

벨케가 귀를 후비며 묻자 시드는 입술이 불쑥 나온 채 투덜
거렸다.

"이 시간까지 기절해 있을 정도로 만들면 어쩝니까!"

"거참, 나 같은 천재도 힘 조절을 실패할 수도 있는 거지!"

"아, 예, 그러시겠죠."

"오호라. 너 요즘 부쩍 용감해졌구나? 수련이 부족한가 보지?"

"잘못했습니다!"

울컥해서 대들기는 했지만 맞기는 싫고, 자존심도 지키고 싶었던 시드는 소리를 버럭 지르며 사과했다.

하나 속은 여전히 불만투성이었다.

조금이라도 빨리 만나고 싶었는데 정신이 들어보니 어느덧 저녁이었다. 마법으로도 쉽사리 회복되지 않을 만큼 큰 충격을 받은 탓이었다.

잘못되면 한 방에 훅! 갈 수도 있었다!

그런데 벨케의 입장에서도 그럴 수밖에 없었던 것이… 예상 외로 위협을 느낀 탓이었다.

시드가 가진 마나에 비해 높은 실력을 가지고 있다는 사실을 잘 알고 있었다.

그렇기에 이제 갓 마탈 급이 됐지만 그 이상을 예상하며 검을 겨루었다.

사실 그때만 해도 아무런 위기를 느끼지 못했는데, 문제는 마지막 일격에서였다.

기대하라는 시드의 말과 함께 순식간이었다.

전신의 마나가 다크 소드로 믿기 힘들 정도의 속도로 모여들었다. 이제 와 돌이켜 보면 불과 2초도 되지 않는 듯했다.

아무리 실력이 뛰어나고 마나 컨트롤이 익숙하다 해도 그 정도의 힘을 모으기 위해서는 시간이 더 필요한 법이었다.

기습에 파괴력이 뛰어난 기술을 사용하기 어려운 이유이기도 했다.

하지만 시드는 그것을 가능케 했고, 순식간에 검에서 뻗어나온 마나의 집합체는 거대한 아가리를 벌리며 자신을 집어삼키려 했다.

벨케는 느낄 수 있었다. 자신조차 쉽게 막을 수 있는 기술이 아니라는 걸.

그렇기에 마나를 끌어올렸는데 그 힘이 시드가 견디기 힘든 수준이었고, 결국 의식을 잃게 된 것이었다.

'무서운 놈이다.'

벨케는 아직도 입술이 쭈욱 튀어나온 시드의 옆모습을 보며 생각했다.

시드와 자신의 실력 차이는 같은 마탈 급이라 할지라도 비교 자체가 불가능한 수준이었다.

예를 들어 시드보다 실력이 뛰어난 프리야 공작에게는 이런 위기감을 느껴본 적이 없었다.

'이러다 정말 나를 능가할지도……'

악마의 기운을 가진 그날부터 언젠가는 추월당하리라 생각했지만 실력은 자신이 언제나 우위일 것이라 믿었다.

한데 매일 무섭게 발전하는 시드를 보면 마나는 물론이고 실력조차도 따라잡히고 있다는 느낌을 받았다.

꽈아악.

벨케는 저도 모르게 주먹을 불끈 쥐었다.

즐거웠다. 오랜 시간 이토록 흥분을 느껴본 적이 없었다.

언제나 자신은 하늘이었기에 내려다보는 것이 지루했고 흥미가 없었다.

간혹 뛰어난 실력자들을 만나 고전해서 이길 때는 있었지만, 상대가 자신을 넘어서리라는 느낌은 들지 않았다.

'너무 게을렀나 보군.'

벨케는 만족스런 미소를 지으며 주먹에서 힘을 풀었다.

현재의 수준에 이르고 나서 수련을 제대로 한 적이 언제인지 기억이 가물가물할 정도였다.

그런데 시드를 만나 투지가 불타올랐고, 마음속으로 시드를 향해 고맙다는 말을 전하는 벨케였다.

"이곳이다."

벨케가 안내한 곳은 왕궁 근처에 자리 잡은 번화가였다.

"어디 가게예요?"

"나도 어디인지는 모른다."

"네?"

의외의 얘기에 되묻자 벨케는 심드렁하게 대꾸했다.

"전에 우연히 한 번 마주쳤을 때 이곳에서 가게를 열었다고 하더군. 그리고 처음 찾아오는 거다."

"그러면 찾아봐야겠군요."

왕궁 근처 번화가이기에 규모도 컸으며 가게들도 대단히 많았다.

하지만 자신과 벨케의 움직이라면 오랜 시간이 걸리지 않을 것이었다.

"다만 연락 수단은 있지."

시드가 걸음을 막 떼려고 할 때, 벨케가 그의 어깨를 손으로 붙잡더니 씨익 웃고는 마법 주머니에서 통신구를 꺼냈다.

곧 벨케는 마나를 불어넣으며 활성화시켰고 자신이 이곳에 와 있다는 사실과 위치를 알려줬다.

그리고 잠시 후였다.

벨케의 곁에서 설레는 기분으로 거리를 바라보고 있던 시드의 두 눈이 크게 떠졌다.

오우거조차 기죽게 할 만큼 우람한 근육! 오크보다 흉악한 얼굴! 거인이라 불려도 될 정도의 키와 발정난 짐승의 눈빛까지!

"하, 하하……."

처음 만났을 때와 똑같은 모습인 파레토가 하품을 길게 하며 걸어오고 있었다.

주르륵.

따듯하게 데워진 술이 빈 잔을 채웠다.

모락모락 피어오르는 김 속에서 얼큰한 술의 향기를 느끼며 시드는 주위를 두리번거렸다.

리샤르에서의 가게와 다를 바 없는 모습이 왠지 정겹게 느껴졌다.

"으하하! 이렇게 많이 크다니!"

"으하하! 저는 성숙하니깐요!"

파레토와 시드는 서로를 바라보며 똑같이 웃었다.

처음 파레토는 시드를 알아보지 못했다. 한참 성장기에 한 번 만나고 5년이 지났으니 말이다.

"재미있군. 너와 벨케가 아는 사이였다니."

"저도 놀랐어요. 두 분이 친구셨다니."

"누가 저딴 놈이랑 친구냐?"

"시드, 다시 짖어보지?"

"……."

아무런 의미 없이 한 말이었는데 양쪽에서 동시에 피어오르는 살기!

"저런 노안이랑 이 벨케님이 친구일 리가 없잖아?"

"저런 속 좁은 찌질이 놈이랑 이 파레토님이 친구일 리가?"

"아앙? 이 곧 관에 들어가게 생긴 얼굴 주제에 뭐라는 거야?"

"허허. 내가 만든 검에 한 번 베였다고 한 달이나 투덜대던 놈이?"

'친구 맞네요.'

마치 판박이처럼 다투는 둘을 보며 시드는 흐뭇하게 미소를 지었다.

만나면 싸우기도 하지만 필요할 땐 언제나 곁에 있어주는 관계. 전생에서 TV나 영화를 보며 부러워했던 친구 사이이기도 했다.

분명 저들도 말다툼을 하다가 언제 그랬냐는 듯 웃겠…….

‘그 손에 들린 검은 뭡니까.’

그 둘은 정말 싸우고 있었다.

“으하하! 오늘은 정말 즐겁구만!”

“크큭. 그러게.”

‘퍽이나 그러시겠죠…….’

시드는 가자미처럼 얇은 눈이 되어 둘을 빤히 쳐다봤다.

20여 분 동안 싸웠다. 그 싸움을 말리다가 가장 큰 피해를 입은 이는 다름 아닌 시드였다.

두들겨 맞았다. 처음에는 그러려니 하다가 20분이 다 돼서야 알아차렸다. 둘이 작정하고 자신을 패고 있다는 사실을!

그리고 눈치를 채자 아무 일도 없었다는 듯 태연하게 자리에 앉아 술을 마신다.

즉, 모든 게 둘의 사악한 계획이었던 것!

“그래도 이번에는 오래 즐겼어.”

“으하하! 20분이나 모를 줄이야. 맷집도 좋더군.”

‘눈치없어 죄송하군요.’

둘의 대화를 들으며 시드는 한숨을 길게 내쉬며 술을 벌컥벌컥 마셨다.

어차피 따져 봐야 통할 상대들도 아니었고, 더 안 맞으면 다행이었다.

그렇게 시드가 인생의 서러움을 깨달으며 취해갈 때쯤 파레토가 진지한 얼굴로 얘기를 꺼냈다.

"전에 자네가 한 부탁 말이네. 오늘 대답을 듣기 위해 온 거지?"

"그 이유도 있고, 시드도 만나게 해주고."

"함께 지낸다는 건 시드와도 관련된 일이겠군?"

벨케가 부정하지 않으며 고개를 끄덕이자 시드는 영문을 모르겠다는 듯 쳐다봤다. 그런 시드에게 파레토가 설명해 줬다.

"20년 만에 우연히 만나서 대뜸 한다는 말이 일하러 오라더군. 으하하!"

시드는 혀를 내두르며 벨케를 쳐다봤다.

자기 중심적에 뻔뻔하다는 사실은 잘 알고 있었지만 정말 존경스러울 정도였다.

더불어 한편으로는 관심없는 듯하지만 그가 크라운을 생각하고 있다는 사실을 알 수 있었다.

현재 크라운에는 뛰어난 대장장이가 없었다.

그렇기에 바에튼에게 부탁해 섬에서 일을 해줄 장인을 찾는 중이었다.

무구를 살 수도 있지만, 그럴 경우 들어가는 돈에 비해 질이 한참 떨어졌다.

그런 면에서 파레토는 가장 적합한 인물이었다. 그가 만든 무구들은 그 누구라 할지라도 감탄할 수준이니까 말이다.

"아폴레와 리스네가 적이라 이거지?"

벨케가 추가 설명을 해주자 파레토가 흥미롭다는 듯 되물었다. 즉, 리샤르 그 자체를 적으로 두고 있다는 뜻이었다.

“자네 변했군…….”

“변화가 나쁘지 않으니 상관없어.”

파레토는 벨케와 시드를 번갈아 쳐다보더니 손뼉을 치며 말했다.

사실 벨케가 처음 부탁했을 때부터 마음을 결정하고 있었다. 그가 처음으로 하는 부탁이었기에.

“좋아! 돕도록 하지.”

“저기 보수는…….”

언제나 돈에 민감한 사나이 시드!

시드는 파레토의 결정에 기뻐하면서도 현실적인 문제를 먼저 거론했다. 아무리 실력이 좋아도 액수가 맞아야 하는 법!

하나 이어진 파레토의 발언에 시드는 기쁨을 숨기지 않으며 그를 끌어안았다.

“내가 일을 할 때 중요시하는 점은 즐거움이다. 네놈들과 같이 지내면 재미있을 것 같으니 돈은 필요없다. 으하하!”

3일이 지나고 드디어 대회가 개막됐다.

시드는 떨리는 가슴을 진정시키며 제1대회장을 바라봤다.

워낙 참여하는 마르트 인이 많기에 예선전 형식의 첫 번째 대회는 여러 곳에서 동시에 펼쳐졌다.

‘마르트 인이라…….’

4대 왕국에서 펼쳐지는 대회에 참가하기 위해선 그 나라의 출신만이 가능했다.

태어났다든지 혹은 타 왕국 출신이라 해도 정착을 했다든지 말이다.

그래서 신분을 증명할 증표가 있어야 참여할 수 있는데, 얼마 전 시란이 준비해 줬다.

현재 그녀는 왕의 죽음으로 바에튼이 현왕이 되었기에 왕의 유일한 혈육으로 바에튼과 함께 왕궁에서 바쁘게 보내고 있었다.

하지만 그 와중에도 자주 섬을 찾아와 시드와 많은 대화를 나누기도 했다.

더불어 현재 바에튼은 전 왕의 시종장과 함께 나라의 일을 처리하느라 섬에도 못 들를 정도로 바쁜 나날을 보내고 있었는데, 간혹 벨케가 찾아가는 듯했다.

그리고 주인을 잃은 귀족들과 장로들의 자리는 어느덧 그가 선별한 인물들로 채워졌다.

'뭐, 어차피 나에게는 조국이라 할 곳이 없으니……'

시드는 마르트 인이라는 증표를 내밀며 안으로 들어섰다.

태생으로 따지면 아카리 인이지만, 갓난아기 때부터 이곳저곳을 떠돌아다녀야 했던 시드였다.

또한 부모님들도 더 이상 아카리의 귀족이 아니고 말이다.

'어서 찾아야 하는데……'

현재 블스에게 부탁을 해놓은 상태였다.

블스와 니콜 등 전 검은 달의 살수들은 현재 마르트에서 정보 조직을 개설해 세력을 확장하고 있었다.

물론 그들의 뿌리는 당연히 크라운이었다.

삐이잉!

그때 시작의 10분 전을 알리는 신호음이 들렸고, 시드는 출발선으로 이동했다.

이곳 제1대회장에는 총 1,000여 명의 마르트 인이 가득 자리하고 있었다.

단 한 번도 대륙의 대회에 참석하지 않았었기에 모두의 관심이 큰 탓이었다.

이곳을 통과해야 본선에 진출할 수 있게 되며, 그 본선에서 최후의 8인이 대륙의 대회에 참가하게 된다.

'다들 올라오겠지?'

현재 크라운에서 참가한 이들은 시드와 우드, 라인과 샤인이었다.

벨케와 에스는 이런 대회에 관심이 없다 했으며, 프리야와 스로우는 아폴레와 리스네가 신경 쓰이는지 참가하지 않았다.

그리고 그 외 벨트라와 메리아를 비롯한 이들은 현재 자신들의 실력을 인정하며 다음 대회를 노리겠다고 했다.

'하긴 그들의 실력이라면……'

현재 샤인의 실력은 라탈 급 중급과도 맞먹을 수 있으며, 우드 역시 프리야와 모두에게 수련을 받으며 바짝 뒤쫓고 있었다.

라인은 벨케에게 수련을 받으면서 부쩍 실력이 상승해 샤인과 우드보다 앞서 있는 상태였다.

그렇기에 걱정할 필요가 없는 듯했다.

10! 9! 8!

‘간다.’

시작을 알리는 카운트가 들리자 시드는 마나를 끌어올렸다.

예선전에서는 일대일 결투가 존재하지 않았다. 마치 전생의 철인 3종 경기와 같은 형식이었다.

다른 점이 있다면 상대를 얼마든지 방해할 수 있다는 정도.

3! 2! 1! 퍼어엉!

폭음과 같은 출발 소리와 함께 허공에 한줄기 마나가 솟구치더니 폭죽처럼 터졌다.

동시에 시드는 메스토의 스텝을 발휘하며 앞으로 치고 나갔다.

타타타탁!

그런 시드의 뒤를 따르는 초인족들의 얼굴에는 놀라움이 가득했다.

인간, 그것도 이제 20대 정도로 보였기에 다들 은연중에 무시를 하고 있었는데 자신들은 도저히 따라갈 수 없는 속도가 아닌가!

샤아악!

‘이것 봐라?’

등 뒤에서 날아오는 기운을 느끼며 시드는 높이 솟구쳤다.

콰지직!

자신이 달리고 있던 자리의 땅이 금 가며 움푹 파였다. 그런데 한두 개가 아니었다. 아무래도 1등을 먼저 잡자고 무언의 결의가 된 듯하다.

'이렇게 나온다 이거지.'

시드는 다른 이들을 방해하면서까지 레이스를 할 마음은 존재하지 않았다.

그런 짓까지 하지 않아도 충분히 선두 그룹에 들 수 있다는 자신감이 있었으며, 1등이 아니더라도 예선전은 통과할 수 있기에.

하나 상대들이 도발해 온다면 얘기는 달라졌다.

"어이! 꼬마, 멈추지 못해!"

"이런 건방진 녀석! 거기 서!"

"애늙은이!"

"……"

끼이익.

1등으로 달리던 시드가 제자리에서 멈춰 섰다.

그러자 시드의 곁을 선두 그룹이 다급히 제치며 지나갔는데, 그중에서 한 명이 뒤돌아보며 재차 '애늙은이, 전력질주하더니 지쳤냐?'라며 소리쳤다.

하지만 그는 몰랐다. 시드가 그를 찾기 위해 일부러 멈춰 섰다는 사실을.

곧 시드가 사악하게 웃으며 빠른 속도로 뒤를 추격했다.

초인족 샤피는 느긋한 마음으로 선두 그룹에서 속도를 맞추고 있었다.

　지금보다 더욱 속도를 올릴 수도 있었지만 그럴 경우 초반에 너무 과도한 체력 소비를 하게 된다.

　'20명 안에만 들면 되는 거니까.'

　1등을 굳이 고집할 필요는 없었다. 그럴 경우 오히려 집중 견제를 받아 손해만 크기 때문이다.

　아까 전의 그 멍청한 놈처럼 말이다.

　"여어……."

　그때였다. 바로 곁에서 누군가 불렀고, 무심결에 고개를 돌렸던 샤피는 깜짝 놀랐다.

　견제를 받고 뒤로 처졌던 놈이 어느새 따라온 것이었다.

　'뭐, 뭐지?'

　샤피는 어이없다는 표정이 됐다.

　아까 전 전력질주와 같은 속도로 인해 체력이 다 떨어진 것이라 판단했었는데, 지금 자신이 달리는 속도를 유지하고 있었다.

　자신은 초인족이었다. 긴 레이스가 될 터이고 변신 상태가 무한한 게 아니기에 변신은 하지 않았지만 인간보다 월등한 육체를 가지고 있었다.

　더군다나 자신은 어릴 때부터 수련을 해서 변신할 경우 라탈 급 상급이라는 실력자였다.

　"너는 본선에 가지 못한다."

　"무슨 헛소리냐?"

　샤피가 코웃음을 쳤다. 자신의 실력이라면 최후의 8인도 어렵지 않았다. 한데 본선에도 진출하지 못한다고 협박하다니?

"헛소리인지 아닌지는 두고 보면 알겠지……. 감히 나에게 애늙은이라고 해?"

샤피만을 향하는 시드의 지독한 살기 발동!

다른 말은 참을 수 있어도 애늙은이는 용납해 줄 수 없었다. 즉, 노안이라는 뜻이 아닌가!

"그동안 벨케님에게 쌓인 것까지 모두 네놈에게 풀어주마. 으흐흐!"

그 말을 남긴 채 시드는 샤피의 뒤로 물러섰다.

샤피는 등골이 오싹함을 느꼈다. 조금 전의 순간적인 살기는 절대 평범한 인간이 아니라는 사실을 알려줬다.

하지만 인간 하나 때문에 선두 그룹에서 물러날 수도 없는 법이었고, 그렇다고 내버려 두자니 뒤가 찜찜했다.

'정 귀찮으면 죽여 버리는 수밖에.'

규정상 죽이지 말라는 법은 존재하지 않았다.

무조건 상위 20명 안에 도착만 하면 본선 진출이었기에, 지금도 여러 곳에서 감정이 불붙어 변신한 채 싸우고 있는 이들도 있었다.

"이곳에 들어가는 건가?"

30여 분이 지났다. 마치 벌집처럼 눈앞에 수많은 입구가 나타났다.

마법으로 만들어진 공간 같았으며, 샤피는 빠른 속도로 한

곳을 선택해 들어갔다.

"후아, 정말 치가 떨리는 놈이었다."

하얀색으로 이루어진 곳에 도착한 샤피는 고개를 절레절레 저으며 시드를 떠올렸다.

세상에! 30분 내내 자신의 뒤를 쫓으며 끊임없이 공격을 해 왔다.

그 공격을 피하고, 막으면서 선두 그룹을 유지한다고 진이 빠질 정도!

"이걸 부숴야 나갈 수 있나 보군?"

샤피의 눈앞에 문 하나가 존재했는데 손잡이는 없었으며, 밀어도 밀리지 않았다.

만약 부수지 못할 경우는 이곳에서 탈락되는 것이다.

"어디 한번."

샤피는 변신을 하지 않은 채 전력을 끌어올렸다.

그럴 경우 자신의 능력은 에트 급 상급 수준이었으며, 평범한 문이라면 부수지 못할 이유가 없었다.

"타하압!"

콰아앙!

샤피의 주먹이 부딪침과 함께 내부에서 거대한 진동이 울려 퍼졌다. 그렇지만 문은 흠집조차 나지 않았다.

'라탈 급만 본선에 진출시키겠다는 것인가?

마탈 급은 드물고 에트 급 상급의 힘으로는 부족하니 라탈 급밖에 존재하지 않았다.

"그놈은 여기서 떨어지겠지?"

설마 인간이 그 나이에 라탈 급일 리는 없을 테니까.

샤피는 흡족한 웃음을 흘리며 변신을 시도했고, 문을 일격에 부수며 밖으로 나왔다.

그리고 두 눈을 크게 뜨며 깜짝 놀랐다.

그가 나오자마자 본 사람은 다름 아닌 시드였기 때문이다.

"마, 말도 안 돼!"

샤피는 믿을 수 없다는 듯 중얼거렸다.

눈앞에 있다는 것은 먼저 관문을 통과해서 기다렸다는 뜻이었다.

"못 나오면 어쩌나 했는데, 잘됐군."

시드가 손을 풀며 샤피에게로 한 걸음 한 걸음 다가섰다.

이곳을 벗어난 선두 그룹은 총 여덟 명이었다. 미처 보지 못한 이들이 자신보다 빨리 지나갔다고 해도 그 수는 열네 명이었다.

선두 그룹 중 한 명이 눈앞에 있으니 말이다.

"놀랍군, 놀라워. 설마 라탈 급이었다니?"

그때 또 다른 초인족이 둘의 곁을 스치고 지나갔다.

"열네 명."

시드가 중얼거렸다. 방금 지나간 이는 선두 그룹에 있던 초인족이었다. 그렇기에 수가 더 늘어나지는 않았다.

"안 그래도 네놈을 죽이고 싶었는데 잘됐군!"

시드가 혼잣말을 하든 말든 샤피는 온 힘을 끌어내며 비릿한 미소를 지었다.

라탈 급이라는 사실은 예상 밖이었지만 자신은 상급이었다. 절대 지지 않을 자신이 있었다. 설마 마탈 급일 리는 없으니.

"죽이고 싶다라……. 어디 한번 죽여보시지, 이 애.늙.은.이.를!"

그와 함께 시드는 단숨에 마나를 폭발시켰다.

예선전이 모두 끝났을 때 사람들은 한 이변에 주목했다.

최후의 8인도 될 수 있으리라 추측했던, 실력자이자 한 기사단의 단장을 맡고 있는 샤피가 탈락한 것이었다.

그냥 탈락이라 해도 믿기가 힘들 지경인데 개 맞듯이 두들겨 맞아 기절한 채 발견됐다.

그것도 어떤 지독한 놈의 소행인지 옷까지 모두 벗겨져 있었다!

"누가 그랬는지 알 만하군."

관중석에 앉아 있던 벨케가 주위에서 수군대는 소리를 듣다가 얘기했다.

"나도 알 만해. 그렇죠?"

"험험, 아마도……."

그런 벨케의 의견에 힘을 실어주듯 에스와 프리야도 같은 사람을 지목하는 것처럼 말했다.

"그게 누구예요?"

메리아가 진정 궁금하다는 표정으로 묻자 벨케가 짓궂은 얼굴로 순진한 그녀를 쳐다봤다.

"보자. 1대회장에서 라탈 급 상급의 초인족이 박살 났다. 그렇다면 범인은 1대회장의 예선을 통과한 놈이야. 그렇지?"

끄덕끄덕!

메리아는 진지한 표정으로 벨케의 얘기를 경청했다.

그 모습에 함께 온 크라운의 모두는 귀엽다고 느끼며 미소를 지었지만, 트라이만은 울상이었다.

트라이는 시드와 메리아의 관계가 연인으로 발전한 이후 세상 다 산 사람처럼 슬픔에 잠겨 있었다.

새로이 마음에 드는 어린 소녀가 나타나기 전까지는 저 표정일 듯했다.

"그러면 생각을 해봐. 저 멤버 중에서 그토록 악독한 놈이 누가 있을까?"

벨케가 손가락으로 대회장을 가리키자 메리아는 시드와 함께 서 있는 열아홉 명을 유심히 쳐다봤다.

"일단, 순수한 우리 오빠는 아닐 테고."

"……"

모두는 하나같이 멍한 얼굴로 메리아를 쳐다봤다. 그 눈빛은 하나 되어 얘기했다.

'순수한?! 취소해!'

하나 콩깍지가 제대로 씐 메리아에게 먹힐 리 없었다.

"모르겠어요. 다만 한 가지는 확실해요!"

"뭔데?"

벨케가 눈을 마주치며 되묻자 메리아가 진정 신을 숭배하는 신도처럼 아무런 의심 없이 환하게 웃으며 대답했다.

"우리 오빠는 아니에요!"

'그놈이 맞아!'

'시드밖에 없잖아!'

'시드만이 가능한 짓이야!'

사방에서 마음의 소리가 울려 퍼졌지만, 아무도 입 밖으로 꺼내지는 않았다.

산타클로스를 믿는 어린 아이들에게 있다고 얘기해 주는 것처럼.

"그런데 다들 대륙의 대회에 나갈 수 있을까요?"

대진표가 시작되고 두 명씩 무대에 오르자 벨트라가 시선을 떼지 않으며 물어봤다.

내심은 그럴 것이라 믿지만 혹시나 하는 마음에서였다.

그런데 프리야에게서 뜻밖의 대답이 돌아왔다.

"넷 모두는 힘들 것이네."

"그래. 그들의 실력으로는 아직 힘들지."

벨케 역시 프리야와 같은 의견이었다.

시드를 제외한 셋은 라탈 급 중급이란 뛰어난 실력을 가지고 있었지만, 마르트에는 그보다 실력이 좋은 초인족들이 훨씬 많았다.

현재 예선을 통과한 저 많은 인원들 중에서 절반 정도는 그들과 비슷한 실력을 가지고 있거나 이상일 것이다.

마탈 급에 이르지 못하고 있는 상급만 해도 여럿 느껴졌으니 말이다.

"그렇군요."

벨케의 애기를 전해 들은 벨트라는 고개를 끄덕이며 한숨을 내쉬었다.

10년 뒤에는 이 대회에 참가하겠다고 다짐했는데 쉽지 않아 보였다.

라탈 급 중급으로도 최후의 8인에 뽑히기 힘들다는 건 대륙의 대회에 참가하는 32명은 최소 라탈 급 상급은 되어야 한다는 뜻이었다.

과연 10년 안에 그토록 발전할 수 있을까?

워낙 뛰어난 스승들이 많아 혹시 모르는 것이었지만 쉽지 않을 것 같았다.

"그러면 오빠는요?"

메리아의 걱정이 가득 담긴 목소리가 들렸다. 벨케가 입꼬리를 올리며 메리아의 머리카락을 쓰다듬어 줬다.

"새신랑은 걱정 말아라, 충분히 올라갈 테니."

아직 벨케를 제외한 다른 이들은 시드가 마탈 급에 이르렀다는 사실을 파악하지 못하고 있었다.

"시작되는군."

벨케의 말과 함께 대회장에서는 치열한 전투가 펼쳐졌다.

모든 일정이 오늘 하루 안에 끝나기에 참가자들은 최대한 부상을 피하는 것도 이기는 방법이었다.

작은 상처쯤이야 마법으로 금세 치료가 되지만, 깊은 상처는 얘기가 달라졌다.

그래서 이기고도 상처가 너무 심해 기권을 하는 경우도 발생했다.

"아싸! 이겼어!"

벨트라가 주먹을 불끈 쥐며 소리쳤다.

크라운의 멤버들은 선전을 펼치며 승리를 연이어 거머쥐었다.

하지만 실력자들만이 남으면서 상황은 달라지기 시작했다.

가장 먼저 탈락한 이는 바로 우드였다. 그의 적은 라탈 급 중급의 초인족이었는데 치열한 접전 끝에 우드는 패배하고 말았다.

샤인에게 자극받아 수련을 열심히 하기는 했지만 아직까지는 여러모로 부족한 면이 많았다.

그 뒤를 이어 라인이 탈락했다. 라인의 상대는 마탈 급 상급이었으며, 그녀의 능력으로는 역부족이었다.

마지막 탈락자는 샤인이었는데 그녀의 상대는 운 나쁘게도 마탈 급의 실력자였다.

그는 얼마 전 마탈 급에 오른 왕궁 수비대의 일원이었으며, 샤인은 집념으로 끝까지 기권하지 않았지만 결국 기절과 함께 무대에서 내려와야 했다.

그리고 본선부터는 다른 왕국의 이들도 보러 온다는 사실을 알기에, 반지에 마나를 불어넣어 검은 안개를 소환한 채 싸운 시드는 8인에 뽑히게 됐고, 시간은 빠르게 흘러 어느덧 대륙의 대회가 며칠 뒤로 다가왔다.

CHAPTER 08
대륙 대회

"이 아이인가?"

백발에 인자한 얼굴을 하고 있는 노인이 시드에게 다가오더니 물었다.

시드를 바라보는 그의 눈동자에는 놀라움이 가득 담겨 있었는데, 그는 바로 카네치 추기경이었다.

"살아났다니……."

말로만 들었다면 믿을 수 없었을 법한, 검은 생명의 성공이 눈앞에 펼쳐졌다.

"내 제자니까. 하하!"

벨케는 뿌듯하단 얼굴로 어깨를 으쓱거렸다. 하나 시드의 표정은 밝지 못했다. 이곳이 교단이기 때문이다.

에스만큼 큰 타격은 입진 않지만 신성력이 넘치다 보니 기분이 좋지 않았다.

그날 이후 벨케도 시드의 앞에서는 최대한 신성력을 발휘하지 않고 있었다.

"밖으로 나가겠느냐?"

"그러면 감사합니다."

시드의 불편함을 알아차린 카네치가 묻자 시드는 속 보이게 곧바로 대답했다.

그 모습에 카네치는 옅은 웃음을 터뜨리며 앞장서서 교단을 빠져나갔고, 벨케와 시드도 그 뒤를 따랐다.

교단 외곽으로 벗어나자 길게 이어진 공원이 나타났다.

겨울이 찾아와 날씨가 쌀쌀함에도 불구하고 공원에는 여러 빛깔의 꽃들이 자태를 뽐내고 있었는데, 신성력으로 유지되는 듯했다.

"자네는 잠시 기다리게."

"왜?"

입구에 서서 카네치가 얘기하자 벨케가 눈을 동그랗게 뜨며 되물었다.

"여전히 애 같은 건 변함없구만."

"나만의 장점 아니겠어?"

'단점이겠죠!'

시드는 벨케의 착각에 실소를 흘리며 주위를 둘러봤다.

이곳에도 신성력이 존재했지만 교단 안보다는 훨씬 나았다.

그리고 아름다운 광경으로 인해 눈이 즐거워 기분은 괜찮았
다.

"그러면 잠시 얘기 좀 할까?"

벨케를 설득한 카네치가 시드에게 손짓하며 나란히 걷기 시
작했다.

"몸은 괜찮으냐?"

"네. 아무런 문제 없어요."

"상세히 말해줄 수 있겠느냐?"

'걱정되는 모양이군.'

이곳 교단에 봉인되어 있던 악마였기에 어찌 보면 당연한
것인지도 몰랐다.

또한 그의 도움도 컸다는 사실을 알기에 시드는 그가 원하
는 모든 것을 얘기해 줬다.

"그렇다면 악마는 소멸된 것인가?"

시드의 말문이 잠시 닫아졌다. 그것만큼은 확신하지 못했
다. 아니, 진실을 알고 있으나 말하지 못한다고 보는 게 맞았
다.

"잠시 확인해 봐도 되겠느냐?"

"무엇을……."

"잠깐 괴로울 것이다."

그 말과 함께 카네치가 시드의 양손을 잡더니 신성력을 최
대한으로 끌어올렸다.

"크으윽!"

시드의 입에서 괴로운 신음이 터져 나왔다.

마탈 급을 눈앞에 두고 있는 그의 거대한 신성력이 손을 타고 흘러들어 와 몸속을 헤집었는데, 마치 내부가 불에 타는 듯한 기분이었다.

"후우, 후우. 자네, 얘기하지 않은 게 있지 않은가?"

카네치가 식은땀을 한 번 닦더니 진지한 눈빛으로 시드에게 말했다.

시드는 머리를 긁적이다 더 이상 속일 수 없다는 사실에 자신이 느끼고 있는 부분에 대해 솔직하게 털어놓기 시작했다.

벨케나 에스도 눈치채지 못했지만 신관인 그는 알아차린 듯했으니.

"잠들어 있는 것 같습니다."

"잠들어 있다……?"

"네. 확실히 뭐라고 단정할 수는 없지만 그런 느낌입니다. 마치 깊은 잠에 빠진 듯한……."

"흐음."

카네치가 심각한 얼굴로 생각에 잠겼다.

악마가 소멸했으리라 믿었다. 아니, 그렇게 믿고 싶었다.

한데, 분명 내부에는 악마의 기운 말고도 검고 사악한 무언가가 웅크리고 있었다.

시드의 말처럼 잠들어 있다면… 언젠가는 깨어날 수도 있다는 뜻이 되고 만다.

"만약 악마가 깨어난다면?"

“…….”

시드는 아무런 대답을 할 수 없었다.

자신 역시 불안한 점이기는 했으나 악마가 어떤 식으로 깨어나고, 어떤 영향을 줄지 모르기에 대처 방법도 존재하지 않았다.

단지 악마에게 굴복하지 않는다는 확신만을 가질 뿐.

“검은 생명을 이겨냈다면… 분명 자네의 의지는 그 누구보다 뛰어날 거네.”

카네치가 마련되어 있는 벤치에 앉으며 힘없이 말문을 열었다.

“그렇지만 현재의 자네는 너무 위험해. 잘 알고 있겠지?”

“네.”

시드는 부정하지 않으며 받아들였다.

“악마를 제압했으나 언제 깨어날지 모르는 몸. 만약 악마가 자네를 지배하기라도 한다면 자네의 그 큰 힘은 이 세계를 파괴하게 될 거야. 그렇기에 나에게 있어 가장 최선의 선택은 자네를 지금 죽이는 것이네.”

극단적인 발언에도 시드는 동요하지 않았다, 이미 예상하고 있었기에.

물론 악마가 계속 잠들어 있을 수도 있겠지만, 문제는 깨어날 수도 있다는 것이기에 신관으로는 당연한 발언이었다.

“하나 벨케가 용납하지 않겠지. 그는 알고 있나?”

시드는 고개를 저었다.

"숨길 일만은 아닌 듯하네. 일단 그와 얘기해 보게. 그리고 대회가 끝난 후 함께 해결책을 찾아보도록 하지. 자네를 죽게 하고 싶진 않으니……."

"감사합니다."

시드는 고개를 숙이며 고마움을 표현했다. 그리고 모두에게 털어놓기로 결심했다.

"그게 정말이야?"

"잠들어 있다?"

여관으로 돌아와 시드가 모두와 할 얘기가 있다고 했을 때, 무슨 일이 있다고는 짐작했었다.

하나 악마에 관련된 얘기일 것이라고는 추측할 수 없었다. 사라졌다고 믿었으니까.

"네. 그동안 말씀 못 드려서 죄송합니다. 단지 그렇게 느껴질 뿐… 아무런 일도 없기에."

시드는 고개를 숙이며 사과했다.

그의 맞은편에는 벨케와 에스, 프리야와 샤인, 우드와 스로우, 블스와 니콜이 함께하고 있었다.

벨케를 비롯한 전 시멘 용병단의 일원들은 이 사실을 모른 채 시드가 자리를 비운 동안 축제 구경을 나간 상태였다.

현재 이들 모두가 발라스에 와 있는 이유는 이번 대륙의 대회가 발라스에서 열리기 때문이었다.

크라운에서 진출자는 시드밖에 없었지만 응원을 하기 위해 함께 온 것이다.

다른 크라운의 이들은 마법 영상을 통해 섬에서도 대회 진행을 볼 수 있었다.

대륙의 대회에는 영상 마법이 시전되는데, 그 영상의 수정을 구입할 경우 어디서도 관람할 수 있게 된다.

그만큼 대륙 전체의 축제나 다름없었으며, 특히 대회장이 설립된 이곳에서는 며칠 전부터 매일 각종 행사가 열리고 있었다.

"오빠……."

곁에 앉아 있던 메리아가 시드의 손을 잡았다.

악마가 잠들어 있다는 사실을 누구에게도 말하지 못하고 웃고 지내야 했던 시드를 생각하니 가슴이 저려왔다.

"내가 있잖아……. 자꾸 혼자서 그러면 나 화낼 거야."

메리아의 목소리가 젖어가는 것을 느낀 시드는 아무런 말 없이 그녀를 끌어안아 줬다.

괜한 걱정을 시키고 싶지 않았던 마음이 컸었는데, 너무 이기적인 판단이었다.

만약 메리아가 그런 사실을 숨긴 채 혼자 괴로워했다면 자신은 화를 냈을지도 모른다.

그래서 지금 메리아가 어떤 마음인지 이해할 수 있었다.

"새신랑, 사랑은 나중에 나누지?"

그러다 벨케의 목소리에 시드는 다급히 메리아에게서 떨어져 나왔다.

순간적으로 너무 미안하고 사랑스러워서 안았는데, 보는 시선이 너무 많았던 것이다.

"흠흠. 얘기를 계속하도록 하죠."

얼굴이 붉어진 채 화제를 돌리는 시드. 그 모습에 모두는 웃음을 터뜨렸고, 에스가 숨을 길게 한 번 내쉬더니 말문을 열었다.

"일단 검은 생명에 대해 자료를 더 찾아보지. 악마가 잠들어 있는 현상에 대해서도."

"뭐, 대회가 끝나고 그놈과 얘기를 해봐야겠군. 그동안은 에스가 수고해 주고."

벨케가 얘기하는 그놈이란 카네치 추기경이었다.

"지금은 고민해 봐야 딱히 해답이 나오지 않으니 술이나 마시러 가자고."

"좋습니다!"

안 그래도 이 상황을 벗어나고 싶었던 시드는 낙천적인 벨케의 발언에 맞장구를 치며 일어섰다.

나머지 사람들은 그런 둘을 어이없게 쳐다봤다.

악마가 잠들어 있었다. 깨어나게 된다면 재앙이 될 거대한 악마가 말이다.

아무리 당장 대책이 없고, 안 깨어날 수도 있다 하지만 금세 이토록 밝아질 수 있단 말인가?

하지만 한편으로는 그들다운 모습에 안심이 되기도 했다.

아무리 큰일이라 할지라도 저 둘이 웃어준다면 해결할 수 있으리란 믿음이 생겼기에.

"오빠, 괜찮아?"

그날 저녁이었다.

술을 많이 마신 시드는 메리아에게 부축받아 자신들의 방으로 들어왔다.

원래 남자들과 함께 쓰려고 했었는데, 벨케가 특별히 새신랑, 새 신부를 위한 것이라며 작은 방 하나를 잡아줬기 때문이다.

그로 인해 샤인이 시드의 곁에 있는 시간이 줄어들어 삐치기는 했지만, 메리아가 잘 달랜 탓인지 이해해 줬다.

"응. 괜찮아."

시드는 머리가 지끈거리고 구토가 나올 것 같았지만 태연한 척했다.

평소라면 취기를 한 번에 다 날려 버리고 수련을 했겠지만, 벨케가 휴식도 필요하다며 오늘은 쉬라고 했다.

만취해서 잠드는 것도 나쁘지 않다면서.

"오빠."

"어?"

어둠 속에서 메리아의 목소리가 달콤하게 들려왔다.

"오빠는 내가 지켜줄 거야. 악마든 뭐든 내가 꼭 지켜줄 거야."

메리아가 품에 안기며 자신한테 다짐하듯 얘기했고, 시드는 그 말에 든든함을 느꼈다.

"그래, 메리아가 지켜줘. 메리아만 믿을게. 그리고 메리아
는 내가 지켜줄게."

"응……."

시드는 메리아의 머리카락을 쓰다듬었다.

한 사람이 이토록 소중할 수 있고, 이토록 힘이 되며, 이토록
걱정될 수 있다는 것을 메리아를 통해 배워가고 있었다.

"오빠, 나 요즘 이트 급 상급에 이르렀어. 오빠가 가르쳐 준
마나 호흡법 때문에 성장이 빠르다고 했어. 헤헤."

메리아는 시드의 걱정을 덜어주기 위해 밝은 얘기들을 꺼냈
다.

"그리고 에스님이 그러던데… 나에게 자질이 있다고 했어.
깨달음만 빨리 얻는다면 에트 급도 머지않았대. 나 칭찬해
줘."

메리아가 시드의 가슴에 뺨을 비비며 애교를 떨었다. 한데
아무런 대답이 들리지 않았다.

"오빠?"

시드를 살짝 흔들어보는 메리아, 그럼에도 반응이 없었다.
그와 함께 들리는 맑고 고운 소리.

드르렁…….

메리아가 얘기하는 사이 술기운에 잠들어 버린 것이었다.

"나 누구랑 얘기했니……."

메리아는 실소를 흘리며 시드의 코앞에까지 자신의 얼굴을

갖다대고 쳐다봤다.

머리카락이 닿아서 간지러운지 시드가 볼을 붉히는 모습이 사랑스럽게 느껴졌다.

그러다 아무도 없는 주위를 한 번 살피고는 시드의 입술에 입을 맞췄다.

이 행복이 오랫동안 깨지지 않기를 바라며…….

"우와! 드디어 시작하는구나!"

"이번에는 마르트도 참가했다던데."

"그래서 표 값이 더 비싸진 거지."

"기대되는걸? 마탈 급들도 꽤 보이더라고."

"너는 누구한테 걸 거냐?"

대륙의 대회 개막식을 앞두고 많은 관중들이 떠들썩하게 수다를 떨었다.

마르트 왕국의 참여로 인해 이번 대회는 더욱 큰 관심을 받고 있었으며, 우승 후보들도 실력이 쟁쟁하다 보니 내기 역시 치열하게 진행됐다.

그들 사이에서 벨케와 일행은 가장 앞자리에 앉아 있었다.

원래는 바에튼이 자신의 곁인 특별석을 마련해 준다고 했지만 벨케가 거절했다.

아무리 가면을 착용한다 할지라도 프리야와 스로우가 눈에 띄는 것은 원하지 않을 듯해서였다.

"오빠가 우승할 수 있을까요?"

사람들의 얘기를 들으며 메리아가 걱정스럽게 물었다. 그 누구도 시드가 우승 후보라는 말은 하지 않았다.

그럴 수밖에 없는 것이 시드는 이름도 바꾼 채 출전을 했고, 또한 자신의 제대로 된 실력을 보여주지도 않았다.

그렇기에 시드는 라탈 급 상급 정도로 인지되어 있는 상태였는데, 그 정도 수준으로는 절대 우승이 불가능했다.

"글쎄."

벨트라는 확답을 내리지 않았다. 그 뜻은 한마디로 부정적이란 것이었다.

"현재 참가자들 중에 마탈 급이 일곱 명이다. 그리고 그중에는… 그 녀석도 있지."

"그 녀석이요?"

"가면의 기사."

벨케의 말에 모두는 침묵했다. 가면의 기사는, 즉 카란이었으며 그의 실력을 잘 알고 있었다.

"힘들겠군요."

스로우가 아쉬움이 배인 목소리로 말하자 벨케는 고개를 저었다.

"확신은 못한다. 승리도 패배도."

"하지만……."

"보면 알겠지."

벨케의 여유로운 미소에 스로우는 말문을 닫았다.

그가 저렇게 말한다면 분명 자신들이 모르는 무언가가 시드
에게 있다는 뜻이었다.

"자! 소개해 드립니다!"

지루하다면 지루할 수 있는 개막 연설이 끝나고, 드디어 본
격적인 시작을 알리는 4대 왕국의 왕들을 소개하는 시간이 돌
아왔다.

가장 첫 번째로 소개되어 허공에 떠 있는 거대한 마법 영상
에 얼굴이 비친 이는 오늘 대회의 주최국인 발라스의 안데라
스 교황이었다.

그는 새하얀 신관복을 입고 있었으며, 품위가 넘치는 외모
였는데 60대로 보였다.

두 번째 소개가 된 이는 검술의 왕국 아카리의 갈락스 왕이
었다.

갈락스는 마른 안데라스와는 달리 거대한 체격에 날카로운
인상이었으며, 위압감이 남달랐다.

그리고 세 번째로 리샤르의 아폴레가 소개되자 입구에 대기
하고 있던 시드는 영상을 쳐다봤다.

그곳에는 아폴레가 리스네와 함께 요염하게 웃으며 느긋한
자세로 손을 흔들고 있었다.

'리스네…….'

전신을 검은 연기로 가리고 있는 시드는 저도 모르게 주먹
을 불끈 쥐었다.

이제 머지않았다. 바에튼이 왕이 되고, 블스와 파레토가 합

류하면서 크라운은 급속도로 힘을 키워 나가고 있었다.

'만나려나……'

아폴레의 소개가 끝나자 시드는 고개를 돌려 홀로 앉아 있는 한 남자를 쳐다봤다.

가면을 쓴 채 묵직한 살기를 흩뿌리고 있는 그는 카란이었다.

대륙의 대회는 1번부터 32번이 적혀 있는 공을 선택해 상대를 결정하게 된다.

첫 시합부터 강한 자를 만날지, 약한 자를 만날지는 한마디로 운에 달렸으며, 같은 왕국끼리도 붙을 수 있었다.

대기실에 도착한 시드는 느낄 수 있었다.

이곳에 자리하고 있는 이들은 모두 뛰어난 실력을 갖추고 있음을.

또한, 마탈 급도 여럿이었다. 카란을 제외하고는 기존에 이름을 알리던 마탈 급들은 참여를 하지 않았음에도 말이다.

시간이 지나면서 새로이 마탈 급이 되었기에 대부분 초급 수준이었지만 문제는 바로 카란이었다.

카란은 중급을 넘어선 상태였다.

아무리 마탈 급의 힘을 되찾았고, 그리폰이 남긴 서적 중 마지막 기술도 익혔지만 솔직히 자신이 없었다.

"그러면 선수들을 소개하겠습니다!"

마지막으로 마르트 왕국의 바에튼까지 소개를 마치자 사회자가 큰 소리로 외쳤다.

그와 함께 안에서 대기하고 있던 진행원들이 손짓으로 나가라는 신호를 보냈고, 소개 때와 마찬가지로 발라스 왕국의 여덟 명부터 거대한 문을 열고 대회장에 모습을 드러냈다.

"그대들만 믿습니다!"

"신의 은총이 함께하기를!"

"이번 소울은 발라스에서!"

그들을 발견한 발라스의 관중들이 열광적으로 환호를 하기 시작했다.

뒤이어 아카리의 여덟 명이 나가자 아카리의 관중들이 같은 반응을 보였고 리샤르도 마찬가지였다.

마지막으로 처음으로 참가하게 된 마르트 왕국의 여덟 명이 줄지어 걸어갔다.

그러자 이때까지와는 다른 마치 짐승의 포효가 울려 퍼졌다.

"우아아아아!"

"마르트다! 마르트!"

"인간들에게 본때를 보여주라고! 크아아!"

타 왕국과는 달리 대단히 거칠고 단순한 응원들이 난무하자 시드는 실소를 흘렸고, 두리번거리며 미리 기억해 뒀던 자리를 찾기 시작했다.

"오빠, 오빠!"

메리아와 눈이 마주쳤다. 그녀는 손을 번쩍 들고 흔들며 환하게 웃고 있었다.

그 곁에 있는 크라운의 이들도 각자의 응원을 담아 표현했다.

시드는 그런 그들에게 엄지손가락을 치켜세워 준 후, 떨리는 가슴으로 두 눈을 지그시 감았다.

사회자가 서른두 명의 참가자들에 대한 간략한 소개를 마치자 각국의 왕이 격려를 한마디씩 해줬다.

그리고 드디어 운명의 시간이 찾아왔다.

검은 상자가 모두의 눈앞에 나타났다.

그 속에는 서른두 개의 공이 들어 있었으며, 마법으로 인해 계속해서 뒤섞이며 돌고 있었다.

한 명씩 차례대로 나가 공을 뽑기 시작했다.

발라스에서 한 명이 나가고 아카리에서 한 명이 나가서 뽑는 형식이었다.

'후우……'

자신의 차례가 다가오자 시드는 숨을 길게 한 번 내쉰 후 앞으로 다가갔다.

그러자 모두의 시선이 집중됐다. 참가자들 중에서 가장 튀는 모습 때문이었다.

얼굴조차 알아볼 수 없을 정도로 짙은 검은 안개가 전신을 감싸고 있었으니.

하나 그런 시선들은 신경 쓰지 않은 채 시드는 상자 속으로 손을 집어넣었다.

몇 개의 공을 쥐고 놓기를 반복하다가 다섯 번째로 공이 잡히자 시드는 결심과 함께 손을 들어 올렸다.

사회자가 다가와 번호를 확인했다.

"네. 메드 선수는 1번입니다!"

메드는 메리아와 우드의 이름에서 한 글자씩을 딴 것으로, 시드의 대회 참가명이었다.

'1번이라……'

시드는 대진표를 확인했다. 2번은 이미 누군가가 뽑아둔 상태였는데, 아카리 왕국의 기사였다.

그의 실력은 라탈 급 상급으로 판단됐고, 어렵지 않게 16강 진출을 할 수 있을 듯했다.

'이제 남은 것은 카란 형님의 번호.'

카란과는 가능하다면 결승에서 만나고 싶었기에 최대한 번호가 떨어지는 게 좋았다.

"다음은 리샤르 왕국의 가면의 기사입니다!"

사회자의 외침과 함께 많은 이들이 술렁거렸다.

언제나 리스네를 호위하는 가면의 기사란 이름이 많이 알려진 탓이었다.

"번호는… 30번이군요!"

'다행이다.'

시드는 안도의 한숨을 내쉬었다.

이로 인해 결승전까지는 카란과 부딪치지 않게 됐다.

"그러면 한 시간 뒤 대륙의 대회 첫 경기를 시작합니다!"

사회자의 외침이 크게 울려 퍼지자 참가자 모두는 각자의 휴식과 준비를 위해 흩어졌다.

"5일간의 축제……."

자신을 위해 마련된 접대실에서 독한 위스키를 한 모금 마신 아폴레가 중얼거렸다.

대륙의 대회는 총 5일간 치러진다.

그리고 32강전, 16강전, 8강전, 4강전, 준결승, 결승.

"즐겨야지, 그들이 웃을 수 있는 마지막 시간을."

아폴레의 입가에 비릿한 웃음이 맺혔다.

준비는 모두 끝났지만 10년에 한 번 있는 대륙의 대회만이라도 즐기게 해주기 위해 시일을 미뤘다.

하지만 그 시간도 이제 머지않았다.

곧 리샤르와 아카리의 연합이 이곳 발라스를 피의 땅으로 만들 것이다. 그 후에는 아카리마저 집어삼킬 것이며, 마르트는 마지막이었다.

"이제 곧 나의 시대가 열린다……. 아하하, 하하하!"

아폴레가 광소를 터뜨렸다. 그 모습을 지켜보며 리스네 역시 함께 웃었다.

그녀 역시 모든 준비를 마친 상태였다.

시드는 경기장 옆 대기실에서 두 눈을 감고 앉아 있었다.

한 시간 동안 일행을 만나볼까도 생각했지만, 첫 대회라 그런지 긴장이 돼 스스로의 마음을 다잡기로 결정했다.

곧 첫 번째 경기가 시작한다는 말과 함께 시드는 자리에서 일어나 긴 복도를 걸어갔다.

조금씩 빛이 보이기 시작했고, 사회자의 안내에 따라 시드가 모습을 드러냈다.

크나큰 함성이 귀를 울렸다. 그 속에는 아카리 인들의 욕설도 섞여 있었지만 신경 쓰지 않았다.

머릿속에는 오로지 이기는 것과 결승전에서 카란과 마주 서고 싶다는 생각뿐이었다.

"독특하시군요."

넓은 경기장에서 시드와 아카리의 기사 레이퍼는 서로를 마주 봤는데, 레이퍼가 시드를 향해 말문을 열었다.

"자주 듣습니다."

자신의 모습을 상기한 시드가 실소를 흘렸다. 하나 레이퍼는 볼 수 없었다.

"정체를 가려야 될 이유라도 있습니까?"

괴상한 취미일 수도 있지만 그런 목적일 수도 있었다.

"저희가 대화를 나눌 처지는 아닌 듯하군요."

시드는 대답할 이유가 없다는 뜻을 담아 얘기했다. 그러자 레이퍼는 어깨를 으쓱하며 고개를 끄덕였다.

"알겠습니다. 좋은 승부를 기대하죠."

'괜찮은 사람이군.'

기사들이라 할지라도 사람 같지 않은 이들이 많았다.

그런 타입이 아니라 할지라도 적으로 마주 섰을 때는 이기기 위해 작전상 도발을 하는 경우도 많았는데 레이퍼는 예의로 일관했다.

곧 시작을 알리는 종소리가 모두의 귀에 들릴 만큼 크게 울려 퍼지자 재차 우레 같은 함성이 터져 나왔고, 시드는 마나를 끌어올렸다.

그의 손에는 목검이 들려 있었는데, 대회 참가자들은 모두 부서짐을 방지하기 위한 특수한 재질을 섞어 만든 무기를 갖고 출전해야 했다.

똑같은 조건에서 승부를 하기 위함이었다.

그래서 시드는 한 시간 동안 명상을 하는 와중에도 손에서 목검을 놓지 않았다. 감을 익히기 위해서.

'최대한 전력을 아껴야 한다.'

관중들뿐 아니라 참가자들도 매번 시합을 관람할 것이기에 기술을 남용해서 좋을 일이 없었다.

그에 대비한 비책을 마련할 수도 있기에.

"먼저 갑니다!"

레이퍼가 시드를 주시하다 외침과 함께 달려들었다.

'빠른군.'

자신처럼 스텝을 밟는 것도 아닌데 그의 움직임은 대단한 속도였다. 육체 단련을 어느 정도 해왔는지 잘 알 수 있었다.

하나 시드가 막지 못할 수준은 아니었다.

"타하압!"

시드가 사방에서 찔러오는 검을 막아대자 레이퍼는 마나를 끌어올렸고, 시드 역시 마나로 맞대응을 했다.

파지직!

그들 사이에 마나의 불꽃이 튀었다.

'뭐지…….'

그 순간 레이퍼의 얼굴이 살짝 일그러졌다.

분명히 듣기로는 라탈 급 상급 정도의 실력이라 했다. 즉, 자신과 대등하다고 봐야 한다.

그런데 지금 마나를 섞은 순간 자신은 순간적으로 한 걸음 밀려났다. 마치 튕기기라도 한 느낌이었다.

그뿐 아니라 곧바로 연결 공격을 시도했다.

"크으윽!"

레이퍼는 허벅지를 노리며 달려드는 검을 다급히 뒤로 빠져 피하며 숨을 골랐다.

'실력을 숨기고 있다.'

짧은 교전이었지만 라탈 급 상급에 이른 레이퍼는 느낄 수 있었다. 라탈 급 상급이라는 정보가 잘못됐다는 사실을.

최소 그는 마탈 급을 목전에 두고 있거나 마탈 급이라 추측됐다.

그렇지만 실력이 낮은 이가 이길 경우도 있었다. 그건 바로 기술의 차이였다.

"아무래도 보여 드려야겠군요."

가능한 한 아끼고 싶었지만 레이퍼는 어쩔 수 없다는 듯 애기했다. 그와 함께 시드는 긴장을 늦추지 않았다.

레이퍼의 눈빛이 돌변하더니 기세가 달라진 탓이다.

"흐아압!"

'온다.'

레이퍼가 기합을 내지름과 동시에 그의 육체가 흐릿해졌다.

"여깁니다."

'이런!'

시드는 당황을 금치 못했다.

레이퍼의 육체가 흐릿해지고 아주 짧은 순간이었다.

그런데 어느새 등 뒤에서 목소리가 들렸다. 그뿐 아니라 마나가 잔뜩 실린 강력한 올려치기가 이어졌다.

콰아앙!

시드가 서둘러 목검을 내려 막았지만 마나의 폭발을 이겨내지 못하곤 몸이 허공에 떠올랐다.

레이퍼 역시 발을 딛는 부분이 금이 갈 정도로 압박을 느꼈지만, 다리에 마나를 모아 순식간에 솟구쳤다.

그리고 이어지는 열한 번의 연결 공격!

펴엉! 콰지직!

허공에서 둘의 검이 빠른 속도로 교차됐다. 그때마다 폭발음이 들렸으며, 마지막 열한 번째 공격을 막았을 때였다.

"저의 승리입니다."

"그림자 검!"

사사사삭!

'이것 봐라?'

시드는 이를 드러내며 웃었다.

레이퍼의 육체가 환영처럼 늘어났다.

순간적으로 빠른 속도를 내 잔상이 남는 것이었고, 열한 곳의 잔상과 잔상에서 시간차별로 마나의 기운이 쇄도했다.

'피할 수 없다. 그렇다면…….'

파파파팍!

"마, 말도 안 돼!"

레이퍼는 자신의 두 눈을 의심했다.

자신의 기술은 총 세 단계로 나눠진다. 첫 번째는 상대의 그림자로 한 번에 이동하는 것이었으며, 두 번째는 열한 번의 연결 공격, 마지막 세 번째가 잔상을 만들어내는 폭발적인 움직임으로 열한 번의 시간차였다.

그런데 상대가 마치 자신의 기술을 흉내 내기라도 하듯 신형을 흩뜨리더니 자신의 시간차 공격을 막아냈다.

"놀라운 기술이군요."

시드는 진심으로 그리 느끼며 대답했다.

두 번째와 세 번째는 순간적인 속도를 극대화시키는 기술이었기에 상대를 잘못 만난 격이었다.

레폰의 환영검을 익혀 같은 실력이라면 속도만큼은 그 누구에게도 뒤지지 않으니.

만약 세 번째 기술이 다른 사람에게 시전했더라면 당황했을

지도 모르지만 그와 유사하면서도 더 뛰어난 검술을 발휘하는 자신에게는 통하지 않는다.

하나 첫 번째 기술만큼은 감탄이 나왔다.

분명 시선을 떼지 않았는데 움직임을 놓치고 말았다. 아니, 놓쳤다기보다는 마치 사라진 것 같았다.

"제가 이길 수 있는 분이 아니군요. 졌습니다."

호흡은 거칠어졌지만 계속해서 얼마든지 싸울 수 있는 시드를 바라보며 레이퍼가 기권을 선언했다.

그와 동시에 마르트 인들의 크나큰 환호성이 터져 나왔고, 바에튼과 시란 역시 자신들의 일처럼 기뻐했다.

'쳇. 좀 가르쳐 주지.'

시합을 마치고 무대에서 내려온 시드는 아쉬움을 느꼈다.

레이퍼에게 첫 번째 기술의 비밀을 알려줄 수 있느냐고 물었는데, 가르쳐 줄 수 없다고 했기 때문이다.

그 기술을 배우겠다고 한 것도 아닌데!

'몇은 눈치챘겠지.'

시드는 제2시합을 관람하며 머리를 긁었다.

자신의 생각이 짧았다. 실력을 감출 것이었다면 그에 마땅한 상태를 만들었어야 했다.

방금 전 대결은 비슷한 실력의 접전이라 보기 힘들었다.

'에잇. 모르겠다.'

이제 와 후회해 봤자 시간을 돌이킬 수는 없는 법이었고, 고민해도 엎어진 물을 주워 담기는 어려웠다.

결국 시드는 체념하며 일행이 있는 곳으로 발길을 돌렸다.

4강전까지는 시합이 끝나고 공식 석상에 설 일이 없었기에 돌아가도 상관없었다.

"오오! 멋지다!"

"역시 마르트의 대표!"

메리아가 있는 관중석으로 가자 근처에 앉아 있던 마르트인들이 시드를 발견하며 극찬을 아끼지 않았다.

시드는 그런 그들에게 손을 한 번 흔들어준 뒤 메리아의 곁에 가 앉았다.

2시합은 아직 진행되고 있었는데 상황을 보아하니 금방 끝날 것 같았다.

"벨케님."

일행들과 한마디씩 나눈 시드는 벨케를 향해 고개를 돌렸다.

"궁금해서 그러냐?"

"아시는군요."

자신의 속마음을 들킨 시드가 뻘쭘하게 웃으며 그를 빤히 쳐다봤다. 벨케라면 혹시 비밀을 알아차리지 않았을까 하는 기대와 함께.

"확실하지는 않지만 너의 그림자로 이동한 것 같다."

"그림자로요?"

"그래. 검술이라기보단 마법이 조화된 스텝인데, 예전에 들어본 적이 있어."

"그렇구나……. 어쩐지 순식간에 사라지더라고요."

"놈의 실력이 더 뛰어났으면 재미있었을 텐데."

시드는 동감하며 고개를 끄덕였다.

만약 카란 정도의 실력자가 저런 기술을 익혔고, 그 사실을 모른 채 붙었더라면 치명상을 입거나 죽게 됐을지도 몰랐다.

"끝났군. 이제 3경기……. 그놈이 나오려면 한참 남았군."

카란은 30번이기에 15경기였다.

"뭐, 재미있는 놈들이 몇 있으니 즐길 수 있겠군."

벨케가 느긋하게 팔짱을 끼며 제3경기를 관찰하기 시작했다. 그리고 날이 저물기 시작했을 때 15경기가 찾아왔다.

번쩌억!

살짝 어두워진 경기장을 마법으로 인한 빛이 밝혔다.

그로 인해 대낮과 크게 다른 점이 없었으며 시드는 저도 모르게 주먹을 쥔 채 경기장에서 시선을 떼지 않았다.

그런 시드의 모습을 지켜보던 메리아가 살짝 웃었다.

선수의 소개가 시작됐다. 관중들의 함성은 그 어느 시합보다 컸다.

그럴 수밖에 없는 것이 가면의 기사는 유력한 우승 후보였고, 상대 역시 마탈 급의 우승 후보였다.

처벅, 처벅.

여전히 가면을 쓴 카란이 힘있게 무대 위로 올라왔다. 그의 맞은편에는 발라스의 성기사가 서 있었다.

"잘 부탁하오."

얼마 전 마탈 급에 오른 성기사, 이슈가 손을 내밀었다. 하나 카란은 아무런 반응도 없이 쳐다만 볼 뿐이었다.

이슈의 얼굴이 살짝 찌푸려졌다.

자신이 누구인가. 40의 나이에 마탈 급을 이루면서 유명세가 대륙 전체에 퍼지고 있는 존재였다.

한데 아무리 가면의 기사라 할지라도 자신의 손을 부끄럽게 하다니?

자존심이 상했으며 기분이 대단히 나빴다.

"각오하는 게 좋을 거요."

하지만 보는 눈과 듣는 귀가 워낙 많기에 끝까지 예의를 잃지 않으며 경고를 한 뒤, 그는 신호가 울리기만을 기다렸다.

"얼마나 버틸까?"

그 광경을 지켜보면서 벨케가 묻자 시드는 쓰게 웃으며 대답했다.

"마음먹는 순간이겠죠."

분명히 이슈는 강한 성기사였다.

그렇지만 카란은 순식간에 시합을 끝낼 수 있는 실력을 갖추고 있었다.

만약 시드가 상대한다면 오히려 곤란을 겪을 수도 있을 것이다.

실력 면에서는 시드가 뛰어나지만, 어둠의 기운으로 인해 신성력에 약한 면을 가지고 있기 때문이었다.

"하아압!"

시작을 알리는 소리와 함께 이슈는 기합을 지르며 신성력을 끌어올렸다.

번쩍!

그의 검에서 눈이 부실 만큼 맑고 거대한 신성력이 불타올랐다.

"소문을 직접 확인해 보지!"

이슈는 긴장을 떨치기 위해 애써 위협을 하며 달려들었다.

가면의 기사에 대한 소문은 워낙 무성했다. 출신부터 그 무엇도 알려진 게 없었으며, 가끔씩 나타날 때마다 보여지는 그의 놀라운 힘 때문이었다.

쉐에엑! 콰아앙!

"커헉!"

검과 검이 부딪치자 이슈는 비명을 토해내며 몇 걸음 뒤로 물러섰다.

스스스.

"이, 이런!"

그리고 정신을 채 차릴 틈도 없이 검이 파고들었다.

촤악! 주르륵!

이슈의 얼굴이 급격하게 찌푸려졌다. 분명 확실한 거리에서 피했다. 마나의 기운까지 감안해서 말이다.

하나 그럼에도 팔뚝의 살점이 벌어지는 상처를 입었다.

지이잉…….

이슈는 신성력을 끌어올려 자신의 팔을 치료했다. 마탈 급의 성기사이기에 치유 속도는 대단히 빨랐다.

'오래 끌어서는 안 되겠군.'

분하지만 가면의 기사의 실력은 진짜였다.

그렇다면 자신이 이길 확률은 극히 낮았으며, 단 한 방에 끝내야 했다. 그리고 자신한테는 그런 기술이 있었다.

"이봐, 그토록 대단한 가면의 기사라면 이것도 막을 수 있겠지?"

이슈가 도발하며 목검의 끝을 하늘로 향하며 치켜올렸다.

'제발 기다려라…….'

대천사라 불리는 이 기술은 능력 이상의 파괴력을 갖춘 것이었다. 하지만 단점이 존재했으니, 시전하기까지 시간이 필요하다는 것이었다.

"설마 무서워서 방해하거나 피하지는 않겠지?"

이슈의 계속되는 도발에도 카란은 아무런 말 없이 그를 쳐다봤다.

“끝나겠군.”

벨케가 하품을 하며 말했다.

분명 거대한 원을 이루며 모이고 있는 빛은 놈의 실력 이상의 기운을 갖추고 있었지만 카란을 무너뜨릴 정도는 아니었다.

“이제 됐다……. 대천사!”

10여 초의 시간이 흐르고 이슈가 검을 아래로 휘두르자 검 끝에 맺혀 있던 거대한 신성력의 구가 카란에게 달려들었다.

그 순간 카란의 검에서도 마나의 폭풍이 휘몰아치더니 그 구를 향해 사선으로 베어갔다.

곧 눈을 뜰 수 없을 정도의 마나와 신성력의 폭발이 사방을 휩쓸었다.

CHAPTER 09
브레스

지이잉!

투명한 보호막이 형성되면서 관중들을 감싸 안았다.

뛰어난 실력자들의 대결이라 무슨 일이 벌어질지 알 수 없기에 관중석에는 보호 마법과 신성 결계가 언제든지 시전되도록 준비가 돼 있었다.

사아아…….

짙은 연기가 경기장 내부를 가득 채웠다.

관중들은 긴장감에 침을 꿀꺽 삼키며 결과가 어찌 됐을지 주목했다.

고요한 침묵이 흐르고 연기가 서서히 걷히기 시작했다. 그리고 머지않아 리샤르 인들의 환호성이 터져 나왔다.

가면의 기사가 서 있었기 때문이다.

비록 외상은 곳곳에 입은 듯했지만 치료를 받으면 금방 나을 수 있는 상처들이었다.

"어, 어서!"

"신관, 신관!"

"마법사들도!"

반대로 이슈의 상태는 대단히 심각했다.

한쪽 팔과 다리가 몸에서 찢겨져 나가 나뒹굴고 있었으며 의식조차 없었다.

입에서 피가 끊이지 않는 것을 보니 내상도 크게 입은 듯했었다.

'완벽하게 잡아먹었다.'

대천사의 파괴력은 이슈의 마나를 상회하는 대단한 수준이었으나 카란에게는 역부족이었다.

'브레스였다면······.'

시드는 조금 전 광경을 머릿속에서 재구성시켰다. 이슈만 자신으로 바꾼 채 말이다. 그리고 결과는 크게 다를 바가 없었다.

브레스는 대천사를 넘어서기에 카란은 분명 지금보다는 더 큰 피해를 입었을 것이다.

하나 그렇다고 해서 전투 불능의 수준까지는 가지 않을 것이었다.

하나 자신은 카란의 마나와 브레스가 폭발을 일으킨다면 무사할 수 없었다. 전투 자체를 하기 힘들 정도가 될 것이 분명했다.

그 이유는 간단했다. 카란이 브레스보다 우위에 있기 때문이다. 벨케처럼 말이다.

'하지만……'

이길 방법이 전혀 없는 것은 아니었다.

브레스는 아주 짧은 시간에 손이나 검, 원하는 곳에다 모든 마나를 집중시키는 기술이다.

그 순간 파괴력은 대천사처럼 시전자가 가진 힘을 능가한다.

힘 대 힘이 맞부딪치지 않고 기습적으로 적중시킨다면 제아무리 카란이라 할지라도 일어설 수 없을 것이다.

카란이 브레스에 대해 전혀 모르는 상태이기에 성공시킬 확률도 높고 말이다.

다만 문제점이 있다면 카란이 위험해질 수 있다는 사실이었다.

또한, 만약 한 번의 공격을 실패하거나 확실히 쓰러뜨리지 못한다면 돌아오는 것은 패배였다.

브레스에도 약점이라 할 수 있는 부분이 있었는데, 그건 마나를 조절할 수 없다는 것이었다.

즉, 브레스를 한 번 시전하면 티끌만큼의 마나도 남지 않게 된다.

'단 한 번의 기회……'

벨케에게 시전했을 때처럼 거리가 있을 경우에는 힘으로 맞부딪치거나 피할 수 있는 확률도 존재한다.

그렇기에 근접해 있을 때 채 방어할 틈도 없이 적중시켜야 했다.

그 기회를 잡느냐, 놓치느냐로 인해 카란과의 승패가 결정될 터였다.

둘째 날이 밝았다.

대회장은 표 값이 꽤 비싼 편임에도 불구하고 관중들로 가득 차 있었으며, 암표도 없어서 못 구할 정도였다.

대륙에서 손꼽는 실력자들의 대회이기에 당연한 결과였다.

16강전 첫 번째 시합은 역시나 시드였는데, 시드의 상대는 라탈 급 상급의 실력을 가진 초인족으로, 당연히 시드의 승리로 끝이 났다.

'대진운이 좋은 편이었다.'

무대에서 내려온 시드는 대진표를 바라봤다.

이때까지는 라탈 급의 참가자들하고만 붙었다. 하나 앞으로는 달랐다.

현재 치열하게 전투를 펼치고 있는 두 경기의 두 명이 모두 마탈 급이었으며, 누가 이기든 8강전은 쉽지 않은 싸움이 될 것 같았다.

"마법사가 이기겠군."

“그래.”

벨케의 의견에 에스가 동의했다.

양검을 쓰는 상대도 대단한 실력이었지만 여마법사가 더 노련했다.

그로 인해 기사는 눈에 띄게 지쳐 가며 마나가 고갈되어 차이가 벌어지기 시작했다.

“경험을 쌓게 해주는 게 좋지 않겠소?”

마법사의 승리로 시합이 끝나자 프리야가 에스에게 시선을 던지며 얘기했다.

흔히 마법사와 기사가 붙으면 가장 중요한 것은 거리였다.

그 거기를 좁히느냐, 좁히지 못하느냐에 따라 승패가 결정되는 일이 많았다.

하지만 마탈 급 정도의 마법사와 기사들에게는 거리가 큰 문제는 되지 않았다.

멀리 떨어져 있다 할지라도 얼마든지 공격을 가할 수 있는 실력이기에.

그래서 그 수준에 이르고 실력이 비슷할 경우, 중요한 것은 다름 아닌 변칙이었다.

방금 전 시합도 그러했다. 흔하지 않은 마법들이 시전되기 시작하면서 기사가 당황하기 시작했다.

그로 인해 페이스가 흐트러졌고 말이다.

“그래야죠.”

에스는 고개를 끄덕인 후 근처에서 경기를 관람하고 관중석으로 오는 시드에게 다가갔다.

8강전에서 맞붙을 마법사와 자신이 쓰는 마법들에는 차이가 존재하겠지만, 프리야의 말처럼 여러 변칙적인 마법을 경험하게 해준다면 도움이 될 터였다.

"가자."

"네? 어디를요?"

상황을 모르는 시드는 눈을 동그랗게 뜨며 되물었다.

안개에 의해 보이지 않았지만 그런 시드의 표정을 떠올릴 수 있었던 에스는 실소를 흘리며 전후 사정을 얘기해 줬고 둘은 곧 대회장을 빠져나갔다.

그리고 8강전이 열리는 셋째 날이 밝았다.

와구와구!

시드는 미친 듯한 속도로 요리를 먹어치우기 시작했다.

배가 많이 고픈 탓도 있었지만, 아이니의 요리에 자주 혹사당하는 혀에게 보상하는 것이었다.

이럴 때라도 맘 편히, 한껏 즐기라고!

"꺼어억."

혼자서 20인분 가까이 먹어치운 시드는 믿을 수 없다는 듯, 쳐다보는 주위의 시선에 아랑곳하지 않으며 배를 두드렸다.

대단히 만족스러웠다.

참가자들에게는 대회장에서 마련한 식당을 이용할 수 있게끔 했는데, 언제든 가서 먹을 수 있는데다 각국의 요리들이 모두 다 있었다.

또한, 뛰어난 실력의 요리사들이 만들기에 맞은 말할 필요도 없었으며 가장 중요한 사실은 공짜라는 것이었다!

이토록 뿌듯하게 먹고도 돈을 한 푼도 내지 않아도 되는 것이다!

"정말 놀랍네?"

그때였다. 곁에서 들리는 상냥한 목소리에 시드는 고개를 돌렸다.

그곳에는 30대 중반에 푸른빛 머리카락을 허리까지 기른 여자가 서 있었는데, 리샤르에서 참가한 마법사이자 8강전의 상대인 에밀레였다.

알려진 바로는 아폴레의 제자이며, 오랜 시간 여행 겸 실력을 쌓기 위해 대륙을 돌아다니다가 얼마 전에 리샤르로 돌아왔다고 했다.

권력에 관심이 없으며 고집스럽고 톡톡 튀는 성격인지라 아폴레와 자주 마찰을 빚는다는 소문도 존재했다.

"뭐가 말입니까?"

"어쩌면 그렇게 많이 먹을 수 있는 거지? 신기해……."

'크윽.'

시드의 얼굴이 붉어졌다.

에밀레가 가까이 다가오며 상체를 숙였는데 가슴골이 훤히 드러났기 때문이다.

"으흥? 이 안개 너무 짙네……. 그 안개 속에서 내 가슴을 힐끔힐끔 보는 것 아냐?"

그녀가 짓궂은 얼굴로 시드의 곁에 다가와 어깨를 밀착시키 자 시드는 다급히 자리에서 일어섰다.

"그런 적 없습니다! 여자한테 관심도 없고요!"

그 말과 함께 시드는 메리아를 떠올렸다. 그러자 마음이 진 정됐다. 하나 에밀레는 만만한 상대가 아니었다.

"여자한테 관심이 없다면… 게이?"

'아니거든!!'

에밀레가 놀란 척 손으로 입을 가리며 중얼거리자 시드는 고혈압이 도지는 것을 느끼며 상대하지 말자고 다짐했다.

이런 타입은 피곤하다는 사실을 경험으로 잘 알고 있었 다.

"용건이 없으면 가보겠습니다."

"용건은 있어."

"무슨?"

시드가 고개를 갸웃거리며 물어봤다.

에밀레와 자신은 이제 곧 적으로 무대에서 만날 사이였으 며, 이전에 대화 한 번 나눠본 적이 없었다.

"가까이 와봐."

웃으며 손짓하는 그녀에게서 왠지 모를 불안감이 느껴졌지 만, 주위에 다른 참가자들도 있기에 시드는 조심스레 다가갔 다.

그리고 귀를 내밀자……

“왁!”

“……”

갑작스럽게 소리를 내지르는 에밀레!

시드가 멍한 얼굴로 쳐다보자 에밀레는 배를 잡고 크게 웃더니 손을 흔들며 밖으로 나갔다.

이상한 여자였다.

8강전의 시작을 앞두고 대기실에 앉아 있던 시드는 에스와의 시간을 되새겼다.

그녀는 수많은 마법을 몸으로 겪게 해줬는데 그중에는 처음 겪어보는 것들도 있었다.

‘고대의 마법이라……’

고대의 마법은 겪어봤지만 마탈 급 마법사와 대결한 적은 없었다.

아폴레, 리스네와 대결을 한 적이 있다 해도 일대일의 대결은 또 다르니 말이다.

에스는 고대의 마법에도 파훼법은 존재한다고 했다.

“가자.”

안내인이 손짓하자 시드는 손뼉을 한 번 마주친 뒤, 자리에서 일어섰다.

통로를 지나 무대로 나오자 거대한 함성이 들려왔고, 맞은편에서 웃고 있는 에밀레가 보였다.

“안녕? 특이한 인간 씨.”

에밀레가 손을 흔들며 인사하자 시드는 실소를 흘렸다. 마치 적이 아닌 친구를 만난 듯한 태도였다.

그러고 보니 16강에서도 그녀는 상대편에게 싱글벙글이었다.

그만큼 실력에 자신이 있다는 뜻일 수도 있지만, 천성일 것이라고 판단했다.

"안 봐준다?"

시작을 알리는 소리가 울리자 에밀레가 말하더니 마법을 시전해 왔다. 시드는 그 틈을 놓치지 않고 달려들었다.

마법사의 가장 큰 약점이 바로 마법을 시전할 때이기에.

한데, 시드의 검은 허공을 갈랐다. 에밀레가 플라이 마법을 순식간에 시전하며 허공으로 솟구쳤기 때문이다.

그러면서 처음에 시전하던 마법도 어느새 완성시켰다.

"급하기는. 간다!"

에밀레가 자신의 손에 맺힌 파란색 물결을 하늘 높이 던지자 허공에서 사방으로 퍼지더니 비처럼 쏟아져 내렸다.

투투투투투!

겉으로 보기에는 단순히 물이 뭉친 듯한 형상이었지만 그 하나하나에 담긴 위력은 만만치 않았다.

"재빠르네?"

그녀는 재미있다는 듯 웃더니 여러 가지 마법을 동시에 시전했다.

자신의 신체 능력을 강화시켰고, 만약을 대비한 보호막도 형성시켰다. 그리고 양손엔 불과 얼음의 마법이 맺혔다.

스파앗!

에밀레가 갑자기 사라지자 시드는 다급히 뒤로 돌아섰다. 마법사들의 블링크라는 기술이었는데, 짧은 공간을 이동하는 것이었다.

콰아앙!

마나가 담긴 시드의 검과 에밀레의 불꽃이 부딪치며 폭음을 일으켰다.

하지만 공격은 그것으로 끝이 아니었다. 다른 손에 맺혀 있던 얼음이 창처럼 변하며 시드의 목을 노리고 달려들었다.

'이크!'

시드는 다급히 상체를 숙여 얼음의 창을 피한 뒤, 에밀레의 허리를 노리며 검을 휘둘렀다.

파앗!

에밀레는 재차 블링크를 사용해 간격에서 벗어났으나 어느새 시드는 그녀가 다시 나타난 곳 지척까지 접근해 있었다.

그녀가 블링크를 쓸 것이라 예측하고 미리 움직인 것이었다.

"타하압!"

에밀레의 당황한 듯한 눈빛을 보며 시드는 검에 마나를 극대화시켜 빠른 속도로 내려쳤다.

그러자 피할 수 없다고 느낀 에밀레는 황급히 보호막을 겹겹이 쌓았고, 곧 두 기운이 충돌했다.

‘부족했다.’

시드는 미간을 살짝 찌푸렸다.

순간적으로 파괴력을 꽤 높였음에도 불구하고 에밀레에게 상처를 입히지 못했다.

두 개의 보호막은 부쉈으나 세 번째는 금만 갔다.

“놀랍네. 블링크를 예측할 줄이야. 곤란한데.”

시드는 흐뭇한 표정을 지으며 속으로 에스에게 고마워했다.

블링크를 시전하면 이동되는 공간에 찰나 동안 마나의 흐름이 맺힌다고 에스가 알려줬다.

그래서 에밀레가 블링크를 쓸 수밖에 없다고 느꼈을 때 집중해서 그 순간을 찾았었다.

‘다만 앞으로가 쉽지 않겠어.’

상대는 마탈 급의 마법사인데 자신은 제한을 가진 채 싸우고 있었다.

브레스는 그녀가 위험해질까 봐 쓸 수 없었고, 리스네나 페이리 앞에서 사용했던 기술들 또한 쓰지 않고 있는 상태였다.

에밀레와의 시합인지라 아폴레를 비롯한 그들이 관심 깊게 보고 있었기에, 기존의 기술을 썼다가는 의심받을 수 있었다.

그럴 경우 위험이 찾아올 수도 있고 말이다.

물론 대륙의 대회이고 각 왕국의 왕을 비롯해 귀빈들이 가득한 곳이라 안다 해도 넘어갈 수 있었지만 만약의 경우는 언제나 생각해야 했다.

그로 인해 벨케에게 한번 얘기한 적이 있었다.

참가는 하고 싶은데 위험부담이 따르기에 안 나가는 게 나을 것 같다고.

그러자 벨케가 머리카락을 쓰다듬어 주며, 만약 들킨다 해도 자신이 있는 이상 염려 말고, 동료들을 걱정만 하기보단 때로는 믿어보라고 했다. 정체가 발각되면 그때 그만둬도 늦지 않는다고.

벨케의 말에는 일리가 있었다.

자신이 마르트 인으로 참가했단 사실을 알게 된다 해도 바에튼과의 관계까지는 추측할 수 없을 것이며, 떠나면 그만이었다.

결국 시드는 대회에 참가하기로 재차 결정을 하고, 혹시 모를 사태에 대비해 최대한 자신의 정체를 감추기 위해 노력했다.

그래서 크라운도 리샤르의 귀빈실에서는 시야가 닿을 수 없는 자리에 표를 구해 관람했으며, 대회장에 출입할 때엔 에스의 마법으로 잠시 얼굴을 변형시키기까지 했다.

그 순간이었다.

에밀레의 신형이 허공에 떠올랐다. 그리고 고대의 마법을 시전했다.

우우웅……

그녀의 한 손에 마나가 끝없이 집합하기 시작했다.

"이 고대의 마법은 시간이 좀 필요하거든. 기다려 줄래?"

시드가 방해하기 위해 몸을 움직이려 하자 에밀레가 애교 섞인 얼굴로 부탁했다.

"미안하지만 전 지고 싶지 않습니다."

시드는 느낄 수 있었다.

대천사처럼 저 마법이 완성되면 엄청난 위력을 발휘할 것이 란 걸.

그렇게 되기 전에 저 고대의 마법 캐스팅을 중지시켜야 했 다.

"그러면 기다리게 해야겠네."

그녀가 한 손을 아래로 내려뜨리자 녹색의 빛이 형성되더니 아래로 떨어졌다.

철픽! 철픽!

빛은 지면에 닿자마자 물 풍선처럼 사방으로 퍼졌는데, 곧 퍼진 빛에서 나무줄기들이 솟구쳐 올라왔다.

사아아악!

나무줄기들은 의지를 가진 듯 시드에게 달려들었다. 공격형 이 아닌, 시드의 몸을 묶기 위한 마법이었다.

시드는 그 줄기를 이용하려고 했다.

한데 에밀레 쪽으로 유인하면서 접근하려고 하면 어느덧 알 아차리고 그 앞을 가로막았다. 결국 시드는 마나를 집중시켜 서 빛이 퍼진 곳을 공략했다.

아무리 나무줄기를 베어도 곧바로 재생했기 때문이다.

퍼어어엉!

무대의 일부가 산산조각 나며 빛이 흩어졌다. 그러자 나무 줄기들도 모습을 감췄는데 에밀레의 방해 공작은 그것이 끝이 아니었다.

촤아악!

'이런…….'

굳이 접근하지 않고 원거리 기술로 에밀레를 날려 버리려던 시드의 움직임이 굳었다.

무언가 자신을 꽉 붙잡았다. 마치 바람이 달라붙은 느낌이었다.

"마법은 정말 피곤하군요."

시드가 쓰게 웃으며 말하자 에밀레는 혀를 날름날름거렸다.

그 모습이 아이처럼 천진난만해 상황의 위중함도 잠시 잊을 정도였다.

"타하압!"

시드는 마나를 극한으로 끌어올렸다.

그와 함께 시드의 몸 주위에는 이글거리는 마나와 어둠의 기운이 함께 휘몰아쳤다.

신관들의 얼굴에 불쾌함이 서렸지만 제지하지 않았다.

현재의 교황은 예전 교황과는 달리 마녀라고 무조건 적대시하지 않았기 때문이다.

그로 인해 마녀라 할지라도 죄가 없는 한은 대회에 참가해
도 무관했다.

파아앗!

시드가 양팔을 옆으로 힘껏 펼쳤다. 힘으로 에밀레의 마법
을 풀어버린 것이다.

"이야, 대단한데? 하지만 이제 다 됐어!"

에밀레가 당당하게 외치며 한 손을 높이 들었다.

그 손에서는 붉은색의 기운이 스파크를 일으키며 맹렬히 회
전하고 있었다.

"자, 간다!"

차아악! 스파앗!

'크윽!'

시드는 적잖게 당황했다.

순식간에 시전된 다른 마법으로 인해 다리가 얼어붙으며 움
직임이 제한됐다. 그와 함께 에밀레가 블링크를 시전해 코앞
까지 접근한 것이다.

"죽으면 안 돼!"

진심인지 아닌지 알 수 없는 걱정의 말과 함께 에밀레가 손
을 뻗자 고대의 마법이 붉은 자태를 뽐내며 시드를 노렸다.

동시에 그 광경을 바라보던 메리아는 저도 모르게 두 눈을
질끈 감았고, 시드는 입술을 꾹 깨물었다.

가능하면 사용하고 싶지 않았지만 어쩔 수 없었다.

"브레스!"

외침과 함께 시드의 주먹으로 모든 마나가 집중됐다.

"으음."

"오빠?"

시드가 신음을 흘리며 눈을 뜨자 곁에 있던 메리아가 손을 꼭 잡아줬다.

"여기는……?"

"여관이야. 카네치님에게 부탁해서 회복실이 아닌 이곳으로 데려왔어. 괜찮아?"

"그래."

회복실은 대회장 내부에 마련된 곳으로 신관들과 마법사들이 대회 내내 각종 준비를 갖춘 채 대기하고 있었다.

"에밀레는 어떻게 됐어?"

문득 그녀가 떠오른 시드가 침대에 몸을 기대며 물었다.

"충돌 순간에 다급히 보호막을 펼쳐서 목숨에는 지장이 없대……. 한동안 안정을 취하면 괜찮아질 거래."

"그렇구나. 다행이다……."

시드는 안도의 한숨을 내쉬었다.

에밀레의 고대의 마법과 자신의 브레스가 충돌하며 폭발에 휩쓸렸다. 그리고 일어선 것은 시드였다.

사실 시드의 상태도 서 있는 게 놀라운 지경이었다.

브레스로 인해 마나는 한 줌도 남지 않았으며, 마나의 폭발로 외상은 물론 내상까지 입었다.

그녀가 오랫동안 캐스팅했던 고대 마법의 위력은 생각 이상이었다.

하나 그럼에도 브레스가 한발 더 앞섰고, 에밀레는 일어서지도 못한 채 패배했다.

시드 또한 승리가 확정되자 의식을 잃으며 이곳으로 이동되어 치료를 받았고 말이다.

스르륵.

시드는 반지에 마나를 주입해 안개를 해제했다.

이 반지의 좋은 점은 안개를 시전하고, 스스로 끄기 전까지 안개가 유지된다는 것이었다.

만약 그렇지 않았더라면 브레스를 쓴 이후에 모두에게 본 모습이 공개됐을 것이다.

"정말 괜찮지?"

"응. 걱정 끼쳐서 미안해."

별 이상이 없다는 사실을 확인한 시드가 힘없이 웃으며 한 팔을 벌렸다. 그러자 메리아가 기다렸다는 듯 그 품에 안겼다.

"얼마나 걱정했는데……."

탁탁!

메리아가 시드의 가슴을 작은 주먹으로 때렸다. 시드는 그런 메리아의 머리카락을 쓰다듬어 줬다.

"새신랑, 새 신부. 깨어나자마자 그 짓이냐?"

'도대체 우리가 뭔 짓을 했습니까…….'

그때 문이 열리며 벨케와 일행이 들어왔다.

벨트라 등은 시드에게 다가와 안도의 한숨을 내쉬었고, 에스는 재차 시드의 몸을 확인했다.

"내일 시합에 나갈 수 있겠어."

"네. 치료를 잘해주셔서 감사합니다."

"카네치님의 포션도 한몫했어. 꽤 구하기 힘든 것들도 있더군. 그리고… 너, 회복력이 대단히 좋아졌어."

"회복력이요?"

에스는 고개를 끄덕였다.

아무리 자신이 치료를 했고, 카네치의 포션도 있었지만 일주일 정도는 휴식을 취했어야 했다.

내부에도 부상을 입었기에.

한데 육체 스스로 치유를 하듯 대단히 빠른 속도로 회복이 됐다. 내일 시합에 나가도 문제가 없을 만큼.

"아무래도 검은 생명의 영향인 것 같다."

"그렇군요."

시드는 자신의 가슴을 매만지며 대답했다.

"자, 어쨌든 4강 진출 축하하네."

프리야가 환하게 웃으며 시드의 어깨를 다독였다. 훌륭하게 성장하고 있는 시드가 자랑스러웠다.

"카란 형님은요?"

"기권승으로 진출했다."

카란의 8강 상대는 마탈 급 초급의 초인족이었는데, 앞선 두 경기를 관람한 그는 결국 포기하고 말았다.

"그리고 너의 4강전 상대는 발라스의 라탈 급 성기사야. 이슈와 비슷한 실력이고."

시드는 쓰게 웃었다. 쉽지 않은 싸움이 될 것 같았다.

"그러면 오늘은 푹 쉬도록 해."

"알겠습니다. 카네치님에게 고맙다는 말 전해주세요."

"오냐."

벨케의 대답과 함께 메리아와 샤인을 제외한 모두는 밖으로 나갔다.

"히유……."

"그래. 같이 있자."

샤인이 둘의 눈치를 살피며 입술을 내밀자 그 마음을 알아차린 메리아가 웃으며 얘기했다.

그러자 샤인은 메리아와 시드 둘 모두의 품에 안기며 얼굴을 비비적거렸다. 그렇게 저녁이 찾아왔다.

타앗! 휘익! 휘익!

메리아와 샤인을 안고 여관 창문에서 뛰어내린 시드는 주위를 살폈다.

벨케를 비롯한 크라운의 그 누구도 보이지 않자 메스토의 스텝을 발휘해 일단 여관을 벗어났다.

시드가 이러는 이유는 연인의 축제에 가기 위함이었다.

쉬고 있는 와중에 메리아가 얘기를 해줬다. 매일 열리는 축제 중 오늘은 연인들을 위한 축제라고, 자신도 가고 싶다고.

평소 부탁을 잘 안 하는 메리아의 성격상 꼭 가고 싶다는 뜻이나 다름없기에 시드는 수락했고, 몰래 빠져나오게 된 것이다.

벨케나 다른 이들이 안다면 함께 따라와서 약 올릴 것이 뻔하기에.

'안개를 켤까?'

여관에서 꽤 떨어진 이후, 두 사람을 품에서 내려놓고 걷던 시드는 문득 반지를 바라보다 고개를 저었다.

분명 축제에는 많은 사람들이 와 있을 텐데 시선을 끌 필요가 없었다.

안개를 켠다면 분명 그들한테 둘러싸여 메리아와 조용한 시간을 가지지 못할 것이고, 더구나 리스네 등은 그런 곳에 오지도 않을 테니 굳이 얼굴을 감추지 않아도 될 듯했다.

"아름답다⋯⋯."

축제 장소인 광장에 도착하자 메리아가 환하게 웃으며 말했다.

곳곳에 심어진 빛나는 꽃들과 마법으로 만들어진 별이 손에 닿는 위치에서 반짝였다.

그뿐 아니라 진한 장미 향기가 가득 채우고 있었고, 분수대 옆에는 붉은빛 하트가 왔다 갔다 맴돌았다.

마지막으로 물이 치솟는 분수는 시시각각 색이 변했다.

“꽤 사람이 많구나.”

시드가 주위를 둘러보며 말했다.

곳곳에서 수많은 커플들이 자신의 연인을 마주 보거나, 한 곳을 함께 보며 행복한 웃음을 짓고 있었다.

“응. 우리도 그중 한 커플이고.”

“히유!”

메리아가 시드의 한쪽 팔짱을 끼자 샤인도 반대편 팔짱을 끼며 연인처럼 행동했다.

그 모습이 귀여워 시드와 메리아는 서로를 바라보며 미소지었다.

그 시각 복면을 쓴 두 남자가 빈정거리며 연인들을 힐끔거리고 있었다.

“젠장. 계집들이 이렇게 많은데 정작 우리는…….”

삐삐 마른 남자가 신경질을 내며 투덜대자 곁에 있던 체격이 좋은 남자가 맞장구쳤다.

“그러게. 매번 사람들을 죽이거나 찾아다니는 일만 하고…….여자라 해봐야 술집 계집들이나 강제로 취할 때뿐이니.”

“그래서 오늘 우리가 나온 거잖아.”

“흐흐. 그렇지. 오늘만이라도 계집들을 잔뜩 즐기고 가자고. 돌아가서는 초인족 계집을 찾고 왔다 하면 되니까.”

둘은 음흉하게 웃음을 흘리며 여자들을 둘러봤다.

애인이 있든 없든은 그들에겐 중요하지 않았다. 마음에 드는 여자를 찾아 강제로 품으면 되는 것이기에.

“오! 저년도 괜찮은데?”

“아니야. 저 계집 봐봐. 아후, 저 가슴……”

“쟤도 죽이는구만……”

입가에 침까지 흘리며 먹이를 찾던 둘. 그러다 세 명이 눈에 띄었다.

“저놈은 뭐야? 계집을 둘이나 데리고 왔네?”

“계집들 괜찮은데……? 어리고 예쁘고 말이야. 어때, 저것들로 할까?”

“좋지……”

체격이 좋은 남자의 대답과 함께 둘은 손을 비비며 시드와 메리아, 샤인에게 가까이 접근했다.

그런데 마른 남자가 갑자기 자리에서 멈춰 서더니 고개를 갸웃거렸다.

“왜 그래?”

“아니, 어디서 본 것 같아서.”

“누구?”

“저 피부 까만 계집애 말이야.”

“그러고 보니……”

체격이 좋은 남자도 얘기를 듣다 보니 뭔가 떠오르는 게 있는 듯 잠시 생각에 빠져들었다.

‘어디서 봤지? 저렇게 예쁜 계집이라면 잊을 리가 없는데……’

“맞다!”

그때였다. 마른 남자가 손뼉을 치며 동료를 손짓해서 불렀다.

"그 계집이잖아."

"그 계집?"

"지금 우리 조직이 찾고 있는!"

"아!"

그때야 누구인지 알아차린 체격이 좋은 남자가 다급히 마법 주머니에서 종이를 꺼냈다.

그곳에는 한 소녀의 얼굴이 그려져 있었는데, 바로 샤인이었다.

*　　　*　　　*

홀로 창밖을 바라보며 술을 마시고 있던 리스네는 마법 통신을 받았다.

상대는 피의 눈물의 마스터였는데, 무관심하게 정보를 듣던 그녀의 표정이 눈에 띄게 달라졌다.

"정말인가요?"

"네! 찾았다고 합니다!"

리스네의 얼굴에 흥분이 떠올랐다.

그가 찾았다고 하는 것이라면 단 하나밖에 없었다. 바로 그 초인족 소녀!

"어디에서요?"

"발라스 왕국이라고 합니다."

"발라스요?"

"네. 현재 연인의 축제에 가 있다고 합니다. 또래로 보이는 소녀 한 명과 20대인 듯한 남자와 함께요."

리스네는 손톱을 깨물었다. 확실하다면 그 두 명은 메리아와 시드였다.

"알겠어요. 그들에게 감시하라고 하세요. 제가 곧 그리로 가겠다고."

리스네는 그 말과 함께 통신을 끊은 후 잠시 생각에 잠겼다.

그 셋이 있다는 것은 벨케와 프리야 등도 발라스에 있을 확률이 높다는 말이다. 만약 그들도 연인의 축제에 있으면 일이 곤란해진다.

보는 눈도 많은데 이세스를 꺼낼 수도 없으며, 소수 대 소수로 붙으면 승산이 없었다.

그렇다고 타 왕국에 병력을 이끌고 갈 수도 없는 노릇이고 말이다.

하나, 이 기회를 놓칠 수도 없었다.

오랜 시간 찾아 헤맸지만 어디에 있는지 알아낼 수 없었다.

그리고 드디어 나타났는데 또 잡지 못한다면 앞으로 얼마나 더 시일이 걸릴지 모르는 일이었다.

"그 셋 외에는 일행이 없는 건가요? 알아봐 주세요."

결국 리스네는 재차 마법 통신을 시도해 피의 눈물의 마스터를 찾았고, 곧 그의 대답이 돌아왔다.

"없는 것 같다고 합니다."

"알겠어요……."

리스네는 비릿하게 웃으며 자리에서 일어섰다.

무슨 목적으로 왔는지, 벨케 등 모두가 다 발라스에 있는지는 알 수 없었지만 시드를 포함한 셋밖에 없다는 건 하늘이 주신 기회였다.

그 셋만이 자리하고 있다면 아무도 모르게 자신이 원하는 것을 얻고, 불안 요소를 제거할 수 있었다.

"연인의 축제가 어디에서 펼쳐지는지 알아봐 주세요."

리스네는 시종을 불러 명령한 뒤, 곁에 서 있는 카란에게 고개를 돌렸다.

"당신의 힘이 필요해요."

카란은 아무런 말 없이 고개를 끄덕였다.

* * *

"오빠, 이거 먹어봐."

메리아가 자신이 먹던 딸기 맛 아이스크림을 건네자 시드가 입을 갖다 댔다. 동시에 메리아의 표정이 짓궂어지더니 키득댔다.

"간접 키스했대요."

"……."

시드는 얼굴을 붉히며 아이스크림에서 입을 뗐다.

　그런 시드의 입술 위에는 아이스크림이 묻어 있었는데, 메리아가 주위의 눈치를 한 번 살피더니 그곳에 입을 맞췄다.

　"헤헤, 맛있다."

　연인이 된 이후 부끄러워하면서도 과감해진 메리아.

　시드는 그 모습이 예쁘게 느껴져 이번에는 자신이 주위를 한 번 살피더니 다가가 입술에 입을 맞췄다.

　"히유! 히유!"

　그 모습이 부러웠던 것일까? 곁에 있던 샤인이 그들 가운데로 파고들며 입술을 쭉! 내밀었다.

　그러자 눈이 마주친 메리아와 시드는 웃음을 터뜨리며 샤인의 양 볼에 입을 맞췄다.

　"나 화장실 좀 다녀올게."

　시드가 그 말과 함께 자리에서 일어섰다.

　둘만 놔두고 가는 게 살짝 걱정도 됐지만 샤인이 있기에 마음을 놓았다.

　샤인의 실력이라면 무슨 일이 생겨도 얼마든지 스스로와 메리아를 보호할 수 있을 테니까.

　또한, 샤인이 힘을 발휘하면 자신이 알아차릴 수 있고 말이다.

　"이제 슬슬 돌아갈까."

　볼일을 해결하기 위해 바지를 벗던 시드는 중얼거렸다.

　밤새도록 이렇게 있고 싶지만 내일 대회도 생각해야 했다.

　그뿐 아니라 자신들이 없어졌다는 사실을 일행이 알아차릴 수도 있었다.

"어……?"

그 순간이었다. 거대한 마나가 느껴졌다가 순식간에 사라졌다.

타악!

시드는 왠지 모를 불안함을 느끼며 다급히 메스토의 스텝을 시전했다.

'제발, 제발…….'

시드는 간절히 바라며 메리아와 샤인이 기다리고 있을 벤치로 갔다. 그리고 시드는 얼굴을 무섭게 일그러뜨리며 주위를 두리번거리다 두 눈을 감았다.

메리아와 샤인의 마나를 감지하기 위해서였다. 하나 그 어디에도 없었다.

"젠장!!"

시드가 고함을 내지르며 주먹을 불끈 쥐자 전신에서 마나와 어둠의 기운이 새어 나왔다.

벤치를 착각했거나 메리아와 샤인이 장난을 치는 것이라면 분명 그들의 마나를 감지할 수 있어야 했다.

매일 함께 지내며 자신의 기운처럼 익숙하니까.

그런데 찾을 수 없다는 것은 분명 무슨 일이 생겼다는 뜻이었다.

"시드님입니까?"

많은 인파들이 시드와 거리를 벌리며 웅성거리고 있을 때였다. 체격이 마르고 큰 두 명의 남자가 접근해 왔다.

시드가 아무런 말을 하지 않은 채 둘을 노려보자 마른 남자가 식은땀을 흘리며 재차 말문을 열었다.

"두 소녀를 데리고 있습니다."

스파아앗!

추측이 확신이 되자 시드의 전신에서 끔찍한 살기와 기운이 분출됐다.

두 명의 살수는 숨이 막힐 듯한 공포를 느끼며 뒷걸음질쳤다. 하지만 도망치지는 않았다.

자신들에게는 임무가 있는데다, 그는 소녀들을 찾기 전까지 자신들에게 아무런 해도 끼치지 못할 테니까.

"누구냐……."

시드가 낮고 차가운 음성으로 물었다.

이들은 샤인보다 약하며, 조금 전 느낀 마나의 주인도 아니었다. 즉, 다른 존재가 있다는 뜻이었다.

"저희는 단지 모시라는 명령만 받았을 뿐입니다."

시드는 주먹을 불끈 쥐었다. 직접 만나서 확인하라는 뜻이었다.

'함정이다…….'

적은 자신을 잘 알고 있었다. 메리아와 샤인은 미끼인 것이다. 하지만 피할 수도 없었다. 메리아와 샤인을 죽게 할 순 없으니.

결국 시드는 그들의 안내를 받으며 움직였다. 그리고…….

“역시 너였군.”

30분이란 시간이 걸려 목적지에 도착한 시드는 쓰게 웃었다.

“어서 와, 시드…….”

리스네가 다정하게 미소를 지으며 시드를 반겼다.

『시드』 7권에 계속…

the Mask of Leon

가면의 레온

**중원을 공포로 떨게 만든 희대의 악마, 혈마존.
그의 영혼이 기억을 잃은 채 차원 이동을 한다.**

한 소년과 몸이 바뀐 후 깨어난 혈마존.
기억은 지워지고 싸가지없는 본성만 남았다!
욱할 때마다 튀어나오는 살벌한 말투와 그의 독자 무공.

'아, 나는 왜 이렇게 성격이 더러운가?
어째서 이리도 잔인한 기술을 알고 있는 것인가? 착하게 살고 싶다.'

살인광이었던 그가 전혀 어울리지 않는 대신관이 되기로 결심한다.
하지만 그 본성이 어디 가나…….

"이런 빌어 처먹을 놈들, 신전에서 봉사 활동 안 할래?"

유행이 아닌 자유추구 -
WWW.chungeoram.com
Book Publishing CHUNGEORAM

정봉준 新무협 판타지 소설

『철산전기』의 작가 정봉준!!!
팔선문을 통해 또 다른 유쾌함을 선사한다!!

뛰어난 자질을 갖춘 팔선문의 대제자 유검호,
그의 치명적인 단점은 게으름과 의지박약!

천하제일마두의 기행에 재수없이 동참하게 된 의지박약아.
갖은 고생 끝에 가까스로 고향으로 돌아오다.

"무림? 그딴 건 개나 주라 그래. 나만 안 건드리면 돼!"

시간을 가르는 그의 행보에 무림이 뒤집어진다!!!

워메이지

김재한 퓨전 판타지 소설

사람들이 인식하는 상식의 세계 이면,
짙은 어둠이 드리워진 그곳에 사는 괴물들이 있다.

문명이 드리운 그림자 속에서, 전투기계들과
인간의 사념으로부터 태어난 마물들이 격돌한다.
마법과 주술이 난무하는 초현실적인 전장,
소년은 그곳에 서는 대가로 인생을 잃었다.
운명의 노예가 되어 가족과 인성을 잃어버린 소년, 진유현.

총염(銃炎)과 검광(劍光)이 뒤얽히는
어둠의 거리에서, 운명의 족쇄를 끊고 나온
소년의 눈이 살의를 발한다.

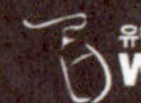

유행이 아닌 자유추구 -
WWW.chungeoram.com
Book Publishing CHUNGEORAM